紅樓夢古抄本叢刊

俄羅斯聖彼得堡藏

石頭記

【四】

人民文學出版社

石頭記第四十三回

閒取樂偶攢金慶壽
不了情暫撮土為香

話說王夫人因見賈母那日在大觀園不過着了些風寒不是什庅大病請医生来吃了兩劑藥也就好了命鳳姐兒来吩咐他預偹給賈母[政]帶送的東西正商議着只見賈母打發人来請王夫人忙引着鳳姐過来王夫人又請問這會子可又覺大安了些賈母今[道]

日可大好了方纔你们送来野雞崽子湯我嚐了一嚐到有味兒又吃了兩塊肉心裡狠受用王夫人笑道這是鳳了頭孝敬老太〻的美他的孝心處不枉老太〻素日疼他賈母點頭笑道難為他想着若是还有生的再炸上兩个鹹浸〻的吃粥有味兒那湯雖好就只不對稀飯鳳姐聽了連忙答應命人去廚房傳話這裡賈母又向王夫人笑道我打發人請你来不為別的初二是鳳了頭的生日上兩年原想替他作

作生日偏到跟前有大事就混過去了今年人又齊全料着又沒事咱們大家好生樂一日王夫人笑道我也想着呢既是老太〻高興何不就商議定了賈母笑道我想往年不拘誰做生日都是各自送各自的禮這个也俗了也覺生狠似的今兒我出个新法子又不生分又可取笑王夫人洮道老太〻怎庅想着好就怎庅樣行賈母笑道我想着咱們也學那小家子大家湊分資多少儘着這錢去辦你道好頑不好

頑王夫人咲道這个狠好但不知怎麽凑合法賈母聽
說越發高興起来忙遣人去請薛姨媽邢夫人等又叫
請姑娘們並寶玉那府裡珍兒媳婦並賴大家的等
有頭臉管事的媳婦也都叫了〻来衆丫頭婆子見賈
母十分高興也都高興忙〻的各自分頭去請的請
傳的傳頓飯工夫老的少的上的下的烏壓〻擠了一
屋子只薛姨媽合賈母對坐邢夫人王夫人只坐在房门
前兩張椅子上寶釵姊妹等五六个人坐在炕上寶玉

坐在賈母懷前地下的滿了一地賈母忙命拿几个小杌子
来給賴大母親等几个高年有体面的嬤嬤坐了賈府
風俗年高伏侍過父母的家人比年輕的主子還有
体面所以尤氏鳳姐等只管地下站着那賴大的母
親等三四个老嬤嬤告了罪都坐在小杌子上了賈
母笑着把方纔一夕話說与衆人聽了衆人誰不湊
這趣兒再也有合鳳姐好情願這樣的也有畏怕鳳
姐爬不的来奉承的況且都是拿得出来的所以一聞

此言都欣然應諾賈母先道我出二十兩薛姨媽咲道我隨着老太〻也是二十兩了邢夫人王夫人咲道我們不敢和老太〻並肩只好矮一等每人十六兩罷了尤氏李紈也笑道我們自然也矮一等每人十二兩罷賈母忙和李紈道你寡婦那里還拉你出這個錢我替你出了罷鳳姐兒忙咲道老太〻別高興且算一算賬再攬事老太〻身上已有兩分呢這會子又替大嫂子出十二兩說着高興一會子回想又心疼了過後兒又說都是為

鳳丫頭花了錢使个巧法子哄的我拿出三四倍子來
暗里補上我還做夢呢說的衆人都笑了賈母咲道
依你怎么樣呢鳳姐笑道生日沒到我這會子已經折
受的不受用了我一个錢不出驚動這些人實在不
安不如大嫂子的這分我替他出了罷我到了那一日多吃
些東西就享了福了邢夫人等聽了都說很是賈母方
允了鳳姐又笑道我還有句話呢我老祖宗自己二十兩
又有林妹妹寶兄弟的兩分子姨媽自己二十兩又有寶妹

妹的一分了這到也公道只是二位太〻每位十六兩自己又
又不替人出這有些不公道老祖宗吃了虧了賈母聽了忙
笑道到是我的鳳丫頭向着我這說的狠是要不是你
我唬他們又哄了去了鳳姐笑道老祖宗只把他姐兒兩
个交給兩位太〻一位占一个派多派少每位替出一分就是了
賈母忙說這狠公道就是這樣賴大的母親忙站起来笑
說這可反了我替一位太〻生氣在那里是兒子媳婦在
這里是內姪女兒到不向着婆〻姑娘到向着別人這

兒媳婦成了陌路人內姪女兒成了外姪女兒了說的
賈母與衆人都大笑起來賴大之母因又說道少奶ゝ
們十二兩我們自然也該矮一等了賈母聽說這使不得
你們雖該矮一等我知道你們這几個都是財主果
位雖低錢却比他們多你們和他們一例纔是衆媳
婦聽了連忙答應賈母聽了又道姑娘們不過應個景
兒每照一個人的月例就是了又回頭叫鴛鴦來你們也
湊几個人商議湊了來夗央答應著去不多時帶了平

兒襲人彩霞等還有几个丫嬛来也有二兩的也有一兩的賈母因問平兒難道你不替你主子做生日還入在這里頭平兒笑道那个私自另外有了這是官中的也該出一分賈母笑道這纔是好孩子鳳姐又笑道上下都全了還有二位姨奶奶他出不出也問一聲兒儘到他們是理不然只當小看了他們了賈母聽了忙說可是呢怎麽倒忘了他們只怕他們不得閑叫一个丫頭問問去說着早有丫頭去了半日回来說道每位也出二兩賈母

喜道拿筆硯來筭明共計多少尤氏因悄罵鳳姐道我把你這沒足厭的小蹄子這麼些婆婆嬸子來湊銀子給你過生日你還不足又拉上兩个苦瓠子作什麼鳳姐也悄笑道少胡說一會子離了這里我和你筭賬他們兩个為什麼苦呢有了錢也是白填送别人不如拘了來咱們樂說着早已合筭了共湊一百五十兩有餘賈母道一日的戲酒用不了尤氏道既不請客酒席又不多兩三日的用度都勾了頭等戲不用錢省在這上頭賈母

道鳳丫頭說那一班好就傳那一班鳳姐說咱們家的班子都熟了到是花几个錢叫一班子来聽聽罷賈母道這件事我交給珍哥媳婦了越性叫鳳姐別操一点心受用一日幾笑尤氏答應着又說了一回話都知賈母乏了幾漸漸的散出来尤氏等送邢王二夫人散去便往鳳姐房里来商議怎麽辦生日的話鳳姐道你不用問我你只看老太太的眼色就完了尤氏咲道你這阿物兒也忒行了大運了我當有什麽事叫我

们去原来单為這个出了钱不笑還叫我来操心怎庅
謝我鳳姐咲道㧾别扯燥我又沒叫你来謝你什庅你
怕操心這會子就回老太太去再派一个人就是了尤氏
咲道你雖他興的他這樣兒我勸你收着些些兒好太
滿了就潑出来的二人又說了一回方散次日將銀子送
到寧國府来尤氏方纔起来梳洗因問是誰送過来的
丫嬛們說是林之孝尤氏便命叫了他来了嬛們走去
下房叫了林之孝過来尤氏命脚踏上坐了一面忙着

梳洗一面又問他這一包銀子共多少林之孝回說這
是我們底下人的銀子湊了先送過來老太太合太太們
还沒有呢正說着只見丫鬟們回說那府里太太和姨太
太打發人送分資來了尤氏笑駡道小蹄子們當會
記的這些沒要緊的話昨兒不過老太太一時高興故意
要學那小家子湊分資你們就記得到了你們嘴裡當
正經的說还不快接了進來好生待茶再打發他們去
丫鬟應着忙接了銀子進來一共兩封連寶釵黛玉的

都看了尤氏問還少誰的林之孝道還少老太〻太〻姑娘们的和底下姑娘们的尤氏道还有什庅大奶〻的呢林之孝道奶〻過去這銀子都從二奶〻手裡發一共都有了說着尤氏已梳洗了命人伺候車輛一时来至榮府先来見鳳姐只見鳳姐已將銀子封好正要送去尤氏問齊了鳳姐咲道都看了快拿了去罷丢了我不管尤氏咲道我有些信不及到當面点一点說着果然按数一点只没有李紈一分尤氏笑道我說你搗鬼呢怎

么你大嫂子的没有鳳姐咲道那們些還不勾短使一分也
罷了等不勾了我再給你尤氏咲道昨兒你在人跟前
做人今兒又來合我賴這个断不依我只和老太〻要
去鳳姐兒笑道我看你利害明兒有了事我也丁是丁
卯是卯的你也別抱怨尤氏咲道你這般也怕不看你
素日孝敬我〻不依你呢說着把平兒一分拿出來
說道平兒來把你的收起去等不勾了我替你添上
平兒會意曰說道奶〻先使着要剩下了再賞我一樣

尤氏咲道只許你那主子作獘就不許我做情呢平
児只得收了尤氏咲道我看〻你主子這麽細致要這
些錢財那里使去使不了明児帶了棺材里使去一面説
着一面又往賈母處来先請了安大概説了兩句話便
走到夗央房中和夗央商議只聽夗央的主意行事可
以討賈母的喜歡了二人計議妥當尤氏臨時也把夗
央的二兩銀子還他説還使不了呢説着一連出来又至
王夫人跟前説了一回話因王夫人進了佛堂把彩雲的一

分也還了他鳳姐不在跟前一時把周趙二人也还了他倆
个還不敢收尤氏道你們可憐見的那里有這個錢鳳
丫頭便知道了有我呢二人聽說千恩萬謝的方收了
轉眼已是九月初二日園中人都打聽得尤氏辦得十
分熱鬧不但有戲連耍百戲並說書的男女先兒全有
都打点取樂頑耍李紈又向衆姊妹道今兒是正經社
日可别忘了寶玉也不来想必他只圖熱鬧把清雅都
丟了說着便命丫嬛去瞧作什麽呢快請了来丫嬛去了

半日回話花大姐〻說今兒一早就出门去了衆人都咤
意道再沒有出门之禮這了頭糊塗不知說話因又命
翠墨回来說可不真出了门了說有个朋友死了出去
探喪去了探春道斷然沒有的事憑他什麼再沒今兒
出门之礼你叫襲人来我問他剛說着只見襲人走来
李紈等都說道今兒憑他有什麼事也不該出门頭一件
你二奶〻的生日老太〻都這麼高興兩府上下衆人来湊
熱鬧他倒去了第二件又是頭一社的正日子他也不告假

就私自去了襲人嘆道昨兒晚上就說了今兒一早起
要緊的事到北静王府里去就要赶回来的勸他不要去
他必不依今兒一早起来又要素衣裳穿想必是北静
王府里的要緊姬妾沒了也未可知李紈等道若果
然為此也該去走走只是也該回来了說着大家又商議
咱們只管作詩等他来再罰他剛說着只見賈母已打
發人来請便都往前頭来了襲人回明寶玉的事賈
母不樂便命人去接去原来寶玉心里有一件私事於

頭一日就吩咐茗烟明日一早要出门備下两匹馬在後门
口等着不要別一个跟着說給李貴我往北府里去了
倘或要着人找尋他攔住不用找只說北府里留下了
横竪就来的茗烟也摸不着頭腦只得依言說了今日
一早果然備了两匹馬在後園门等着天已亮了只見
寶玉遍体純素從角门出来一語不發跨上馬一灣腰
順着街就顛下去了茗烟也跨馬趕上在後面忙問往
那里去寶玉道這條路是往那里去的茗烟道這是

出北门的大道出去了冷清〻没有可頑的寶玉聽説
点頭道正要冷清〻的方好説着越性加了兩鞭那馬
早已轉了兩个灣了出了城门茗烟越發不得主意
只得緊〻跟着一直跑出七八里路出来人烟漸稀寶玉
方勒住馬回頭问茗烟道這里可有賣香的茗烟道
香倒有不知是那一樣寶玉想道别的香不好須得
檀香芸降三樣茗烟笑道這三樣可難得寶玉為難
茗烟見他為難因説道要香作什麽使我見二〻爺時

常有的小荷包里有散香何不找一找一句提醒了寶
玉便回手衣襟上掏出一个荷包来摸了一摸竟有
兩星〻沉素心内歡喜只是不恭些〻再想自已親身
帶着的到比買的又好些〻于是又問炉炭茗烟道這
可罷了荒郊野外那里有既用些〻這何不早說帶了
来豈不便宜寶玉道胡塗東西若可帶了来又不這
樣沒命跑了茗烟想了半日笑道我得了个主意不
知二爺心下如何我想来二爺不只用這个呢只怕还

要用別的這也不是事如今我們再往前走二里地就是水仙庵了寶玉聽了忙問水仙庵就在這里更好了我們就去說著就加鞭前行一面回頭向茗烟道這水仙庵的姑子長往咱們家去咱們這一去到那里合他借香炉使使自然是肯的茗烟道別說他是咱們家的香火就是平白不認識的廟里合他借他也不敢駁回只是一件我常見二爺最厭這水仙庵的如何今兒又這樣喜歡了寶玉道我素日因恨俗人不知原故混供

神混蓋廟這都是當日有錢的老公們合些有錢的
愚婦們聽見有个神就蓋起廟來供着也不知那神
是何神因聽些野史小說便信真了塑如這水仙庵
裡面因供的是水洛神故名水仙庵殊不知古來並
沒有个洛神那原是曹子建的謊話誰知這起愚人
就塑了像供着今見却合了我的心事故借他一用說
着早已來至門前那老姑子見寶玉來了事出意外
竟像天上掉下个活龍來的一般忙上來問好命老道

来接馬寶玉進了来也不拜洛神之像却只管賞鑑雖是泥塑的却真有翩若驚鴻婉若游龍之態荷出渌波日映朝霞之姿寶玉不覺滴下泪来老姑子獻了茶寶玉因和他借香炉那姑子去了半日連香供紙馬都預備了来寶玉道一槩不用説着命茗烟捧著炉出至後園中揀一塊干淨地方兒竟揀不出茗烟道那井台兒上好寶玉点頭一齊来至井台上將炉放下茗烟站過一傍寶玉掏出香来焚上含泪施了

半礼回身命收了去茗烟答應且不收忙爬下磕了几个頭口内祝道我茗烟跟二爺這几年二爺的事我沒有不知道的只有今兒這一祭祀沒有告訴我我也不敢問只是這受祭的陰魂雖不知名姓想来自然是那人間有一天上無雙的極聰敏極清雅的一位姐姐妹妹了二爺心事不能出口讓我待祝你若芳魂有感香魄多情雖然陰陽間隔既是知已之间时常来往侯二爺未常不可你在陰間保佑二爺来生也變個女孩兒合

你們一處相伴再不可又托生這鬚眉濁物了說畢
又嗑了几个頭纔爬起来寶玉聽見没說完掌不住
笑因踢他道休胡說看人聽見當寔話茗烟起来收
過香炉寶玉走着因道我已向姑子說了二爺還沒用飯
叫他隨便收什了些東西二爺先强吃些我知道今日
咱們裡頭大排筵宴熱鬧非常二爺為此纔躲了出来
的横竪在這裡清淨了一天也就儘到礼了若不吃東
西斷使不得寶玉道戲酒既不吃隨便素的吃些何妨

茗烟道這便纔是還有一說咱們來了必有人不放心若沒有人不放心便晚了進城何妨若有人不放心二爺須得進城回家去纔是第一老太〻也放了心第二禮也盡了不過如此就是家去了看戲吃酒也並不是二爺有意原不過陪父母盡孝道二爺若單為了這个不顧老太〻大〻懸心就是那方纔受祭的明靈也不安穩二爺想我這話如何寶玉笑道你的意思我猜著了你想著只你一个跟了出來回來你怕擔不是所以拿

這大題目来勸我〻纔来也不過盡个礼再去吃酒看
戲並沒說一日不進城這已完了心願赶着進城大家放
心豈不兩盡其道茗烟道這更好了說着二人来至
禅堂果然那姑子收拾了一桌素菜寶玉胡亂吃了
些茗烟也吃了二人便上馬仍回舊路茗烟在後面
只囑咐二爺好生騎着這馬總沒大騎的手裡提緊
着一面說着早已進了城仍從後门進去忙〻来至怡
紅院中襲人等都不在房裡只有几个老婆子看屋

子見他来了都喜的眉開眼咲說阿彌陀佛把花姑娘急瘋了上頭坐席了二〻爺快去罷寶玉聽說忙將素衣脫了自去尋華服換上問在什麼地方坐席老婆子聽說在新蓋的大花廳上寶玉聽說一逕往花廳上来耳内早已隱〻聞得歌管之聲剛至穿堂那邊只見玉釧兒獨坐在廊簷下垂泪一見他来便收泪說道鳳凰来了快進去罷再一會子不来都反了寶玉陪咲道你猜我往那里去了玉釧不荅只管擦泪

寶玉忙進廳里見了賈母王夫人等衆人真如得了

鳳凰一般寶玉忙赶着与鳳姐兒行礼賈母王夫人

都說他道不知好歹怎麽也不說聲就私自跑了這

還了得明兒再這樣等老爺回家来必告訴他打你說

着又罵跟的小廝們都偏聽他的話說那里去就去也

不回一聲兒一面又問他到底那去了可吃了什麽一唬

着了寶玉只回說北静王的一位愛妾昨日沒了給他

道惱去他哭的那樣不好撇下就回来所以多等了一

會子賈母道巳後私自出门不先告訴我們一定叫你老子打你寶玉荅應着又回要打跟的小子們衆人又忙說情又勸道老太〻也不必過慮了他已經回來大家該放心樂一會子賈母先不放心自然發恨今見了喜且有餘那里還恨就不題了还怕他不受用或者别處沒吃能路上著了驚怕反百般的哄他襲人早過来伏侍大家仍旧看戲當日演的是荊釵記賈母薛姨媽等都看的心酸落淚也有嘆的也有罵的

要知端的下回分解

石頭記第四十四回

變生不測鳳姐潑醋
喜出望外平兒理粧

話説衆人看演金釵記寶玉和姊妹一處坐着林黛玉因看到男祭這出上便和寶釵道這王十朋也不通的狠不管在那里祭一祭罷了必定跑到江邊上来做什麽俗语説覩物思人天下的水揔歸一源不拘那里水舀一碗看着哭去就盡情了寶釵不答寶玉回頭要熱酒敬

鳳姐原来賈母說今日不比往日定要叫鳳姐儘樂一日
夲来自已懶待坐席只在裡間屋裡榻上歪着和薛
姨媽看戲隨心愛吃的揀几樣放在小几上隨意吃
着說話兒將自已兩桌席面賞給那沒有席面的大
小丫頭並那應差聽差的婦人等命他們在窻外廊
簷下也只管坐着隨意吃喝不必拘禮王夫人和邢夫
人在地下高桌上坐着外面几席是他姊妹們坐賈母
不時吩咐尤氏讓鳳丫頭坐在上面好生替我待東難為

他一年到頭辛苦尤氏答應了又咲回說道他坐不慣首席坐在上頭橫不是豎不是的酒也不肯吃賈母聽了咲道你不會等我親自讓他去鳳姐忙進來咲說老祖宗別信他們的話我吃了好几鍾了賈母咲道命尤氏快拉他出去按在椅子上你們都輪流敬他他再不吃我當真的就親自去了尤氏聽說忙咲着又拉他出來坐下命人拿了抬盞斟了酒咲道一年到頭難為你孝順老太太太太我今兒沒什麽疼你的親自斟杯酒乖乖兒的在我手裡

唱一口凤姐咲道你要安心孝敬我跪下我自唱尤氏咲
道說的你不知是誰我告你說好容易今兒遭遇了
後兒知道還得像今兒這樣不得了趁著儘力灌上兩
鍾罷凤姐兒推不過只得唱了兩鍾接著衆姊妹也来
凤姐也只得每人的唱一口賴大媳婦見賈母尚這等高
興也少不得来凑趣兒領著些媳婦們也来敬酒凤姐真
不能了央告道好姐〻們饒了我罷我明兒再唱罷死央
咲道真個的我們是沒臉的了就是我們在太〻跟前太〻还

賞个臉呢往常到有些〻体面今兒當着這些〻又到拿起
主子款调兒來了我原不該來不唱我們就走説着真
个回去了鳳姐忙赶過上拉住咲道我唱就是了説着拿
過酒來滿〻的斟了一盃喝干死央咲了散去然後又入
席鳳姐兒自覺酒沉了心内突〻的似往上撞要往家
歇〻只見那耍百戲的上來便和尤氏說預備賞錢
我要洗〻臉去尤氏点頭鳳姐瞧人不防便出了席往
房门後簷下走來平兒留心也忙跟了來鳳姐便扶着

他纔至穿廊下只見他房裡的一个小丫頭子正在那站着見他两个来了回身就跑鳳姐便疑心忙叫住那丫頭先只粧聽不見無奈後来連平兒也叫只得回来鳳姐越發起了疑心忙和平兒進了穿堂叫那小丫頭子也進来把隔扇関了鳳姐兒坐在小院子的台砌石上命那小丫頭子跪了喝命平兒叫两个二门上的小厮来拿繩子鞭子来把那眼睛裡没主子的小蹄子打爛了那小丫頭已经嚇的魂飛魄散哭着只管磕頭求饒鳳姐問道

我又不是鬼你見了我不説規〻矩〻跕着怎麽到往前跑小丫頭哭道我原沒看見奶〻来我又記掛着房裡沒人所以跑了鳳姐兒道房裡既沒人誰又叫你来的便沒看見我〻和平兒在後頭扯着脖子叫了十来聲越叫越跑離的又不遠你聾了不成你还和我强嘴説着便揚手一掌打在臉上打的那丫頭子一栽這邊臉上又一下登時小丫頭兩腮赤脹起来平兒忙勸奶〻仔細手疼鳳姐便説你再打着問他跑什麽他再不説

把嘴撕爛他的那小丫頭先還强嘴后来聽見鳳姐
要燒了烙鐵来烙嘴方哭道二爺在家里打發我来
這里瞧着奶〻的若見奶〻散了先叫我送信去的不承
望奶〻這會子就来了鳳姐見話内有文章便又問
道叫你瞧着我做什麽難道怕我家去不成必有别
的原故快告訴我〻從此以後疼你〻若不細説立刻拿
刀子来割你的肉説着回手向頭上拔下一根簪子来向
那丫頭嘴上乱戳唬的那丫頭一行躲一行哭求道我

告訴奶〻可别説我説的平児一傍勸一面推叫他快説
了頭便説道二爺也是纔来房裡的睡了一回醒了打
發人来瞧〻奶〻説纔坐席還得好一會纔来呢二爺
就開了箱子拿了两塊銀子還有两根簪子两疋緞
子叫我悄〻的送与鮑二的老婆去叫他進来他收了
東西就往咱們屋裡来了二爺叫我来瞧着奶〻来底
下的事我就不知道了鳯姐聽了氣的渾身發軟忙立
起身来一逕来剛至院门只見又一个小了頭在门前探

頭兒一見了鳳姐也縮頭就跑鳳姐忙提着名字喝住那小丫頭本来伶俐見躲不過越性跑了出来笑道我正要告訴奶奶去呢可巧奶奶来了鳳姐道告訴我什麼那丫頭便說二爺在家這般如此如此將方纔的話也說了一遍鳳姐啐道你早做什麼了這會子我看見你了你来推干淨說着也揚手一下打的那丫頭一个趔趄便攝手攝脚的走至窗前往裡聽時只聽里頭說笑那婦人笑道多早晚你那閻王老婆死了就好了賈璉道他死了再娶一个也是

這樣又怎庅樣呢那婦人道他死了你到把平兒扶了正只怕还好些賈璉道如今連平兒他不叫我沾一沾了平兒也是一肚子委屈不敢説我命裡怎庅就該犯了夜叉星鳳姐聽了氣的渾身乱戰又聽他兩个都賛平兒素日背地裡也有理怨語了那酒越發湧了上来也並不忖奪回身把平兒先打兩下一脚踢開門進去也不容分説抓着鮑二家的撕打一頓又怕賈璉出去便堵门站着罵道好淫婦你偷主人漢子还要治死

主子老婆平兒過來你們淫婦忘八一条藤兒多嫌著
我外面你哄着我說着又把平兒打了几下打的平兒有
冤無處訴只氣的干哭罵道你們作這些沒臉的事
好々的又拉上我作什麽說着也打鮑二家的撕打起來
賈璉也因吃多了酒進來高興未曾做的机密一見鳳
姐来了已沒了主意又見平兒也鬧起來把酒也氣上來
鳳姐打鮑二家的他又氣又愧只不好說的今見平兒也
打便上来踢罵好娼婦你也動手打人平兒怯打忙住了

手哭道你們背地裡說話為什庅拉我呢鳳姐見平兒怕賈璉越發氣了又趕来打平兒偏叫打鮑二家的平兒急了便跑出来找刀子要尋死外面衆婆子了頭忙攔住解勸這里鳳姐見平兒尋死去便一頭撞在賈璉懷里道你們一條籐兒害我被我聽見了倒都唬起我来你也勒死我賈璉氣的墻上拔出劍来說道不用尋死我也急了一齊殺了我償了命大家干净正鬧的不開交只見尤氏等一羣人来了說這是怎庅說纔好

好的就鬧起来賈璉見了人越發倚酒三分醉逞起威
風来故意要殺鳳姐々々見人来了便不似先前那般潑了
丟下衆人便哭着往賈母那邊跑此時戲已散出鳳姐
跑到賈母跟前爬在賈母懷裡只說老祖宗救我璉二
爺要殺我呢賈母邢夫人王夫人等忙問怎麽了鳳姐
哭道我纔家去換衣裳不防璉二爺在家和人說話
我只當是有客来了唬的我不敢進去在窓戶外頭
聽了一聽原来是和鮑二家的媳婦商議說我利害要

拿毒藥給我吃呢治死我把平兒扶了正我原氣了又不敢和他吵原抄(打了)平兒兩下問他為什麽害我他燥了就要殺我賈母聽了都信以為真說這還了得快拿了那下流種子來一語未了只見賈璉拿著劍赶來後面許多人跟着賈璉明仗着賈母素日疼他們連母親嬸母也無碍故逞強閙了來邢夫人王夫人見了氣的忙攔住罵道這下流種子〻越(發)反了老太〻在這里呢賈璉乜斜着眼道都是老太〻慣的他〻纔這樣連我也罵起來了那

夫人氣的奪下劍来只管喝他出去那賈璉撒嬌撒痴誕言誕語的還只乱説賈母氣的説道我知道他不把我們放在眼里叫人把他老子叫来看他去不去賈璉聽這話方趔趄着脚兒出去了賭氣也不往家去便往外書房来這裡邢夫人王夫人也説鳯姐賈母嘆道什麽要緊的事小孩子們年輕饞嘴猫兒似的那里保的住不這麽着自從小兒世人都打這麽過的都是我的不是他吃了兩口酒又吃起醋来説的衆人都笑了賈母又道你

放心明兒我叫他來替你賠不是你今兒也别過去燥着他曰
又罵平兒那蹄子我素日到看他好怎麽暗地里這麽壞
尤氏等嘆道平兒沒有不是〻鳳了頭拿著人家出氣
兩口子不好對打都拿著平兒撒性子人家委屈的什麽
是的呢老太〻还罵人家賈母道原來這樣我說那孩
子到不像那狐媚魘道的既你們看著可憐見的白受
他的氣回叫琥珀來快去告訴平兒就說我的話我知
他受了委屈明兒我叫鳳了頭替他賠不是今兒是他

主子的好日子不許他胡鬧原来平兒被李紈拉入大
觀園去了平兒哭的哽噎難抬寶釵勸道你是个
明白人素日鳳丫頭何等待你今兒不過他吃了一口酒
他可不拿你出氣難道拿别人出氣不成别人又笑話
他吃醉了你只管這會子委屈素日你的好處豈不
都是假的了正說着只見琥珀走来說了賈母的話
平兒自覺面上有光輝方纔漸漸的好了也不往前頭
来寶釵等歇息了一會子方来看賈母鳳姐寶玉方

讓了平兒到怡紅院中襲人忙接着笑道我先原要
讓你的只因大奶〻和姑娘們都讓你我就不好讓的了平
兒也陪笑說多謝因又說道好〻的從那里說起無緣無
故的白受一塲氣襲人笑道二奶〻素日待你好這不過
是一時氣急了平兒道二奶〻到沒說的只是那淫婦
治的我他偏又拿我凑趣兒况還有我們糊塗爺〻到打我
說着便又委屈禁不住落淚寶玉勸道好姐〻別傷心
我替他兩个賠个不是罷平兒笑道與你什麼相干寶

玉嘆道我們弟兄姊妹們都一樣他們得罪了人我替他賠個不是也是應該的又道可惜這新衣裳也沾了這裡有你花妹妹的衣裳何不換了下來拿些燒酒噴了熨一熨把頭也梳一梳一面說一面便吩咐小丫頭子們舀洗臉水燒熨斗來平兒素日只聞人說寶玉專會和女孩兒們接交寶玉素日因平兒是賈璉的愛妾又是鳳姐的心腹故不肯和他廝近因不能盡心也常為恨事平兒今見他這般心中也暗暗的忖奪果然話不虛傳色

色想的週到又見襲人特ゝ的開了箱子拿出兩件
不大穿的衣裳来与他換上便忙的脱下自巳的衣
服忙去洗了臉寶玉咲勸道姐ゝ还該擦上些ゝ脂粉不
然倒像与鳳姐ゝ賭氣了似的況且又是他的好日子而
且老太ゝ又打發人来安慰你平兒聽了有理便去找粉
只不見粉寶玉忙走至粧臺前將一个宣窰磁盒揭開
裡面盛着一排十根玉簪花棒拈了一根遞与平兒又
咲向他道這不是鉛粉這是紫茉莉花種研碎了對上

香料製的平兒倒在掌上看時果然輕白紅香四樣俱美撲在面上也容易勻淨且能潤澤肌膚不似別的粉青重澀滯然後看見胭脂也不是成張却是一个小小白玉盒子里面盛着一盒如玫瑰膏子一樣寶玉笑道那市賣的胭脂都不干淨顏色也薄這是上好的胭脂擰出汁來淘澄淨了渣滓配了花露蒸疊成的只用細簪挑一点兒抹在手心裡用一点水化開抹在唇上手心裡的就勾打腮了平兒依言粧飾果見鮮艷異常且又甜香滿頰寶玉又

将盆内的一支並蒂秋蕙用竹剪刀擷了下来与他簪在
鬓上忽見李紈打發了頭来喚他方忙忙的去了寶玉
因自来從未在平兒前盡過心且平兒又是个極聰敏
極清俊的上等女孩兒比不得那起俗蠢拙物深為恨怨
今日也是金釧兒的生日不樂不想落後閙出這件事
来竟得在平兒前稍盡片心亦是今生意中不想之樂
也因歪在床上心内怡然自得忽又想及賈璉惟淫樂
悦已並不知作養脂粉又想平兒父母兄弟姊妹獨自一人

供應賈璉夫妻二人賈璉之俗鳳姐之威他竟能周全妥貼今日还遭荼毒想来此人命薄似比黛玉尤甚想到此間便又傷感起来不覺洒然淚下因見襲人等不在房内儘力落了几点痛泪復起身見方纔衣裳上噴的酒已半干便拿熨斗熨了疊好見他的手帕子忘去上面猶有泪漬又拿面盆中洗了洒上又喜又悲悶了一回也往稻香村来說一回閒話掌灯後方散平兒就在李紈房中歇了一夜鳳姐只跟着賈母賈璉晚間歸房冷清清的又不好

去叫只得胡乱睡了一夜次日醒了想昨日之事大没意思
后悔不来邢夫人记挂着贾琏昨日醉了忙一早过来
叫了贾琏过贾母这边来贾琏只得忍愧前来在贾
母面前跪下了贾母问他怎么了贾琏陪笑说昨儿
原是吃醉了惊了老太々的驾今儿来领罪贾母
道下流东西灌了黄汤不知安分守已的挺尸去倒
打起老婆来凤了头成日家说嘴霸王似的一个人
昨儿唬的可怜要不是我你要伤了他的命怎么样贾

璉一肚子委屈不敢多辯只認不是賈母又道那鳳丫頭
和平兒还不是个美人胎子你還不足成日家偷鷄摸狗
贜的臭的都拉了你屋裡去為那起淫婦打老婆又
打屋裡人你還虧是大家子公子出身活打嘴了你若
眼睛裡有我你起來我饒了你快快的替你媳婦賠个
不是拉了他家去我就喜歡了不然你管出去我也不
敢受你的跪賈璉如此說又見鳳姐站在那邊也不盛
粧哭的眼睛腫著也不施脂粉黃黃臉兒比往常更覺可

怜可愛想着不如賠个不是彼此也好了又討老太々的喜歡了想畢便笑道老太々的話我不敢不依只是越發縱了他了賈母笑道胡說我知他最有禮道再不會沖撞人他日後得罪了你我自然也做主意叫你降伏就是了賈璉聽說爬起來便與鳳姐作了一个揖笑道原是我的不是二奶々饒過我罷滿屋裡人都笑了賈母笑道鳳丫頭不許惱了再惱我就惱了說着又命人叫了平兒來命鳳姐和賈璉兩个安慰平兒賈璉見了平兒越發顧

好

不淂了听賈母一說便赶上来說姑娘昨兒受了委屈都
是我的不是奶〻淂罷了你因我而起我賠了不是不笑
还替你奶〻賠个不是說了也作了一个揖引的賈母咲
了鳳姐也咲了賈母又命鳳姐安慰他平兒忙走上来
給鳳姐磕頭說奶〻的千秋我惹了奶〻生氣是該死奴才
鳳姐正自愧悔昨日酒吃多了念素日之情浮躁起来
為聽了傍話無故給平兒沒臉今反見如此又是慚愧
又是心酸忙一把拉起来落下泪来平兒道我伏侍了奶

奶這庅几年也没有彈我一指甲就是昨兒打我〻也不
怨奶〻都是那淫婦招的怨不得奶〻生氣説著也淌
下泪来了賈母便命人将三人送回房去有一个再提此
事即刻来回我〻不管是誰拿拐棍子給他一頓三人
從新給賈母邢王二位夫人磕頭老嬷〻答應了送他三
人回去至房中鳳姐見無人方説道我怎庅像閻王又像
夜叉那淫婦望我死你也幫著呢我千日不好也有一日好
可憐我熬的連个淫婦也不如我還有什庅臉來過日子

好

說着又哭了賈璉道你還不足你細想〻昨兒的不是多
今兒當着人還是我跪了一跪又賠不是你也是爭足了光
了這會子还要絮〻叨〻还呌我替你跪下纔罷太佔足了
强也不是好事鳳姐無言可對平兒嗤的一聲又笑了
賈璉也笑道又好了真〻的我也是無法了正說着只
見一个媳婦来回說鮑二媳婦吊死了賈璉鳳姐都吃
了一驚鳳姐忙收了怯色反喝道死了罷了有什么大驚
小怪的一時只見林之孝家的進来悄回鳳姐道鮑二媳婦吊

死了他外家親戚要告呢鳳姐笑道這倒好了我正想要打
官司呢林之孝家的道我和衆人勸了他們又威嚇了一
陣又許了他几个錢也就依了鳳姐道我沒有一个錢
有錢也不給只管叫他告去也不許勸他也不許鎮嚇他
只管讓他告去告不成問他以尸訛詐林之孝家的正
在爲難見賈璉和他使眼色心下明白便出來等着
賈璉道我去瞧瞧看是怎麽樣鳳姐道不許給他錢賈
璉一逕出來和林之孝來商議着人去作好作歹許了二

百兩發送纔罷賈璉生恐有變又命人去和王子騰說了將番役仵作人等叫了几名來幫着辦喪事那些人見了如此縱要復辦也不敢辦只得忍氣吞聲罷了賈璉又命林之孝將那二百銀子入在流年賬上分別添補開消過去又梯已給鮑二些銀兩安慰他說另日再挑個好媳婦給你鮑二又有体面又有銀子有何不依便仍奉承賈璉不在話下裡面鳳姐心中雖不安面上只管佯不理論因房中無人便拉平兒笑道我昨日灌喪醉了你別埋怨

我打了你那裡了讓我瞧瞧平兒道也沒打重只聽說奶奶
姑娘都進來了要知端的下回分解

石頭記第四十五回

金蘭契互剖金蘭語
風雨夕悶製風雨詞

話說鳳姐正撫恤平兒忽見衆姊妹進來忙讓坐了平兒斟上茶來鳳姐笑道今兒來的這么齊全像下帖子請了來的探春先笑道我們有兩件事一件是我的一件是四妹々的還夾着老太々的話鳳姐笑道有什么事這么要緊探春笑道我們起了个詩社頭一社

就不齊全衆膽軟所以就亂了我想必得你去作個
監社御史鐵面無私纔好再四妹〻為畫園子用的東西
這般那般不全回了老太太說只怕後頭樓底下還
有當年剩下的我一找若有呢拿出来若沒有叫人買
去鳳姐咲道我又不會作什麽濕的乾的要我吃東西去
不成探春道你雖不會作也不要你作你只監察著
我們裡頭有偷安怠惰的該怎麽樣罰他就是了鳳
姐咲道你們別哄我〻猜著了那里是請我作監察

御史分明是叫我作个進錢的銅商你們弄什麽社
必是要輪流作東道的你們的月錢不彀花想出這
個法子来拘我好和我要錢可是這個主意一夕話說
的衆人都笑起来了李紈笑道真々你是个水晶心肝
玻璃人鳳姐笑道虧你是个大嫂子呢把姑娘們原
教你帶着念書教規矩針線的他們不好你要勸這
會子他們起詩社能用几个錢你就不管了老太々太々
罷原是老封君你一个月十兩銀子的月錢比我們多兩

倍子老太〻太〻还不說你寡婦失業的可怜不穀用又有个
小子定的又添了十兩銀子和老太〻太〻平等又給你
園子他各人取租子年終分年例你又是上〻分兒你
娘兒們主子奴才共總沒有十個人吃的穿的仍就〔舊〕
是官中的通共筭起来也有四五百銀子這會子你就
每年拿出一二百兩銀子来賠他們頑〻能几年的限他
們各人出了例難道還要你賠不成這會子你怕花錢
調唆他們来鬧我〻樂得去吃一個河涸海乾我還通

不知道呢李紈哭道你們聽〻我說了一句他就瘋了
說了兩車無賴泥腿市俗常會打細算盤分金撥兩
的話出來這東西虧他托生在詩書大宦名门之家做
小姐出了嫁又是這樣他還是這麽着若是生在貧
寒小门小户之家作个小子還不知怎麽下作貧嘴惡
舌的呢天下人都被你算計了去昨兒還打平兒呢虧
你伸的出手来那黄湯難道灌上了狗肚子裡去了氣
的我只要給平兒打抱不平 忖奪了半日好容易狗

長尾巴吳兒的好日又怕老太太心裡不受用因此没来
究竟氣還未平你今又招我来了給平兒拾鞋也不
要你們倆個只該換一個過兒總是說的衆人都笑
了鳳姐忙笑道竟不是為詩為画来找我的這臉子竟
是為平兒来報仇的我竟不承望平兒有你這們一
個伏腰眼子的人早知道便有鬼拉着我的手打他
我也不肯打了平姑娘過来我當着大奶奶姑娘們
替你賠個不是担待我酒後無德罷說着衆人又都

笑起来了李纨咲问平兒道如何我說必要給你争々氣纔罷平兒咲道雖如此奶々們取咲我禁不起李纨道什麼禁不起有我呢快拿了鑰匙叫你主子開了樓房找東西去鳳姐咲道将嫂子你且同他們回園子裡去纔要把這米賬合他筭一筭那邊大太々又打發人来叫又不知有什麼話說須得過去走一淌還有你們年下添補的衣服還沒打點呢給他們做去李纨咲道這些事情我都不管你只把我的事完了我好歇

着去省得這些姑娘小姐鬧我鳳此（姐）笑道好嫂子賞我一点空兒罷你是最疼我的怎麽今兒為平兒就不疼我了往常你还勸我説事情雖多也該保全身子撿点偷空兒歇歇你今兒反到逼我的命了况這悞了别人的年下衣裳無碍他姊妹們的若悞了却是你的責任老太太豈不怪你不管閒事這一句現成的話也不説我寧可自已落後（不是）豈肯帶累你呢李紈笑你們聽聽説的好不好把他會説話的我且問你這詩社到底

管不管鳳姐咲道這是什麽話我不入社花几个錢大
觀園裡我不成了反叛了還想在這裡吃飯不成明日
一早就到任下馬拜了印先放下五十两銀子給你們
慢慢的作會社東道過後几天我又不作詩作文只不過
是个俗人罷了監察也罷不監察也罷有了錢你們
還攆出我来說的衆人又都咲起来鳳姐道過會子
我開了樓門凡有這些東西叫人搬出来你們看若
使得留着使若使少什麽照你們单子我叫人替你們買

去就是了兩絹我就裁出来那圖様沒有在太〻跟前
還在那邊珍大爺那里呢說給你們別磞釘子去我去
打發人取了来一併叫人連絹交給相公們礬去如何
李紈点頭咲道這難為你果然這様還罷了既如此咱
們家去罷等着他不送了去再来閙他說着便帶了
他姊妹就走鳳姐道這些〻事再沒兩个人都是寳玉生
出来的李紈聽了忙回身咲道正是為寳玉来反忘了
他頭一社是他誤了我們臉軟你說該怎麽罰他鳳姐想

了一想説道沒有別的法子只叫他把你各人屋子里的地罰他掃一遍纔好衆人都笑道這話不差説着纔要回去只見一個小丫頭扶了賴媽々進来鳳姐等忙站起来笑讓大娘坐又都向他道喜賴嬷々向炕沿上坐了笑道我也喜主子們也喜若不是主子們的恩典我們這喜從何来昨兒奶々又打發彩哥兒賞東西我孫子在門上朝上磕頭李紈笑道多早晚上任去頼嬷々嘆道我那管他們由他們去罷前兒在家里給我磕

頭我沒好話我説哥〻兒你别説你是官了横行霸道的你今年活了三十歲雖然是人家奴才一落娘胎胞主子恩典放你出来上托着主子的洪福下托着你老子娘也是公子哥兒似的讀書識字也是丫頭老婆奶子捧鳳凰似的長了這麽大你那里知道那奴才兩字是怎麽寫只知道享福也不知你爺〻和你老子受的那苦惱熬了兩三輩子好容易掙出你這个東西從小兒三災八難花的銀子也照樣打出你這个人兒来了

到二十歲上又蒙主子的恩典許你捐个前程在身上你看那正根正苗忍飢挨餓的要多少你一个奴才秧子仔細折了福如今樂了十年不知怎麽弄神弄鬼来了主子又選了出来州縣官雖小事情却大為那一州官就是那一方的父母你不安分守己盡忠報國孝敬主子只怕天也不容你李紈鳳姐兒都咲道你也多慮我们看他也就好先那几年还進来了兩次這有好几年沒来了年下生日只見他的名字就罷了

前兒給老太〻太〻磕頭来在老太〻那院裡見他又穿着新官的服色越發的威武比先時也胖了他這一得了官正該你樂呢反倒愁起這些来他不好還有他父母呢你只受用你的就完了閒了坐个轎子進来和老太〻鬭一日牌說一天話兒誰好意思的委屈了你家去一般也是樓房廈廳誰不敬你自然也是老封君似的了平兒斟上茶来鴛嫂〻忙站起来道姑娘不管叫那个孩子到来罷了又折受我說着一面吃茶一面

又道奶〻不知道這小孩子們全要管的嚴饒這麼嚴
他們還偷空兒鬧个乱子來唓大人操心知道的說
小孩子們淘氣不知道的人家就說仗著財勢欺人
連主子名聲也不好恨的我沒法兒常把他老子唓
了來罵一頓纔好些曰又指寶玉道不怕你嫵我如
今老〻爺不過這麼管一管老太〻護在頭里當日老
爺小時挨你〻爺〻的打誰沒看見的老〻爺小時何曾
像你這麼天不怕地不怕的了還有那邊大老〻爺雖然

淘氣也沒像你這扎窩子的樣兒也是天天打还有東府裡你珍大哥哥的爺爺那纔是火上澆油的性子說聲惱了什麽兒子竟是審賊如今我眼裡看着耳朶裡聽着那珍大爺管兒子倒也像當日老祖宗的規矩只是着三不着兩的他自己也不管一管自己這些兄弟姪兒怎麽怨的不怕他你心明白喜歡我說不明白嘴里不好意思心里不知怎麽罵我呢正說着只見賴大家的來接着周瑞家的張材家的都進來回事情鳳姐笑道

媳婦来接婆〻来了賴大家的咲道不是接他老人家的到是来打聽奶〻姑娘们賞臉不賞賴嬤〻聽了咲道可是我糊塗了正经說的話且不說且說陳穀子爛芝蔴的搗熟㠯為我们小子選了出来衆親友要給他賀喜少不得家里擺个酒我想擺一日酒請這个不是請那个也不是又想了一想托主子洪福想不到的這樣榮耀就傾了家我也是愿意的因此吩咐了他老子連擺三日頭一日在我们破花園子里擺几席酒一台

戲請老太〻太〻奶〻姑娘們去散一日悶外頭大廳上一
台戲几席酒請老爺們爺們爭〻先第二日再請親
友第三日再把我們兩府里的伴兒請一請熱鬧三天
也是托着主子的福一場光輝 李紈鳳姐都咲道多
早晚的日子我們必去只怕老太〻高興要去也定不
得賴大家的忙道擇了十四的日子只看我們奶〻的老
臉罷了鳳姐咲道別人不知道我是一定去的先說下
我是沒有賀禮的也不知道放賞吃完了一走可別笑話

賴大家的咲道奶〻説那里话奶〻要賞我们三二萬銀子就有了賴嬷〻咲道我纔去請老太〻老太〻也説去可咲我這臉還好説畢叮嚀了一回方起身要走因看見周瑞家的便想起一事来因説道可是還有一句問奶〻這周嫂子的兒子犯了什麽不是攆了他不用鳳姐聽了咲道正是我要告訴你媳婦事情多也忘了賴嫂子回去説給你老頭子两府裡不許收留他兒子叫他各人去罷賴大家的只得答應着周瑞家的忙跪下央求賴

嬷々忙道什庅事説給我評々鳳姐々道前児我的生日裡
頭还没吃酒他小子先醉了老娘那邊送了礼来他不説
在外頭張羅他倒坐着罵人礼也不送進来两个女人進
来了他纔帶領小么們往里抬小么們倒好他拿的一盒子
倒失了手撒了一院子饅頭人去了打發彩明去説他々倒
罵了彩明一頓這様没法没天忘八羔子還不撵了作什庅
賴嬷々道我當什庅事情原来為這个奶々聽我説他
有不是打他罵他使他改過撵了去断乎使不得他又比不

淂是咱家的家生子兒他現是太〻的陪房奶〻只顧攆了他太〻臉上不好看依我說奶〻教導他几板子以戒下次仍舊留着纔是不看他娘也看太〻鳳姐聽說便向賴大家的說道既這樣打他四十棍以後不許他吃酒賴大家的答应了周瑞家磕頭起來又要与賴嬷〻磕頭賴大家的拉着方罷然後他三人去了李紈等也就回園中來至晚果然鳳姐命人找了許多舊收的畫具出來送至園中寶釵等選了一回各色東西可用的只有一半將那一半又開了

單与鳳姐去照樣置買不必細說一日外面礬了絹起
了稿子進來寶玉每日便在惜春這里帮忙探春李紈
迎春寶釵等也多往那里來閑坐一則觀画二則便于會
面寶釵因見天氣凉爽夜復漸長遂至母親房中商
議打点些針線來日間至賈母處王夫人處省候兩次
不免又承色陪坐閒半時園中姊妹處也要度時閒話一
回故日間不大得閒每夜燈下女工必至三更方寢黛玉
每歲至春分秋分之後必犯嗽疾今秋又遇賈母高興

多遊玩了兩次未免過勞了神近日又復嗽起来覺得
比往常又重所以總不出門只在自己房將養有時悶了又
盼个姊妹来說些閒話排遣及至寶釵等来望候他說
不得三五句話又厭煩了衆人都体諒他病中且素日形体嬌
弱禁不得一些委曲所以他接待不週礼数粗忽也都不
苛責這日寶釵来望他因說起這病症来寶釵道這
里走的几个太醫雖都還好只是你吃他的藥總不見效
不如再請一个高明人来瞧一瞧治好了豈不好每年間鬧一春

夏又不老又不小成个什麽不是常法黛玉道不中用我知道我的病是不能好的了且别說病只論好的時候我是怎麽形景亦可知了寶釵點頭道可正是這話古人說食穀者生你素日吃的竟不能添養精神氣血也不是好事黛玉嘆道生死由命富貴在天也不是人力可强的今年比往年反覺又重了些似的說話之間已咳嗽了两三次寶釵道昨兒我看你那藥方上人參肉桂覺得太多了雖說益氣補神也不宜太熱依我說先以平肝健胃為要肝火一平

不能尅土胃氣無病飲食就可以養人了每日早起拿上等燕窩一兩冰糖五錢用銀銚子熬出粥来若吃慣了比藥還强最是滋陰補氣的黛玉嘆道你素日待人固然是極好的然我最是个多心的人只當你心裡藏奸從前日你説看雜書不好又勸我那些好話竟大感激你往日竟是我錯了實在悮到如今細細筭来我母親去世的早又無姊妹兄弟我長了今年十五歲竟没一个人像你前日的話教導我怨不得雲丫頭説你好我往日見他讚

你我还不受用昨児我親自经過纔知道了比如若是説了
那个我再不輕放過你的你竟不介意反勸我那些々話可知
我竟自誤了若不是從前日看出你来今日這話再不對
你説你方纔説叫我吃燕窩粥的話雖然燕窩易得
但只我因身上不好每年犯這个病児也没什庅要緊的
去處請大夫熬藥人参肉桂已經鬧了个天翻地覆這會
子我又興出新文来熬什庅燕窩粥老太々太々鳳姐々這
三个人便没話説那些々底下婆子丫頭們未免不嫌我太多

事了你看這里這些人因見老太太多疼了寶玉和鳳丫頭兩个他們尚虎視眈眈背地里言三語四的何況于我況我又不是他們這里正經主子原是無依無靠投奔來的他們已經多嫌着我了如今我還不知進退何苦叫他們咒我寶釵道這樣說我也是和你一樣黛玉道你如何比我你又有好親又有哥哥這里又有買賣地土家里又仍舊有房有地你不過是親戚的情分白住了這里一應大小事情又不沾他們一文半个要走就走我是一無所有吃穿用度一草一紙皆

是和他们家的姑娘一樣那起小人豈有不多嫌的寶釵笑
道將来也不過多費得付嫁粧罷了如今也愁不到這裡
黛玉聽了不覺紅了臉笑道人家拿你當正經人把心裡煩
難告訴你聽你反拿我取笑寶釵笑道雖是取笑卻也
是真話你放心我在這里一日我与你消遣一日你有什麽委
曲煩惱只管告訴我〻能解的自然替你解一日我雖有个哥
哥你也知道的只有个母親比你畧強些咱们也算同病相
憐你也是个明白人何必作司馬牛之嘆你纔說的也是多

一事不如省一事我明日家去和媽〻說了只怕我們家里还
有与你送几兩每日叫丫頭們就熬了又便宜又不驚師
動衆的黛玉忙笑道東西是小難得你多情如此寶釵
道這有什么放在口里的只愁我人〻跟前失于應候罷了
只怕你煩了我且去了黛玉道晚上過来和我說句話
兒寶釵答應着便去了不在話下這里黛玉喝了兩口
稀粥仍歪在床上不想日未落時天就変了淅〻瀝〻下起雨
来秋雨霖脉〻陰晴不定那天漸〻的黃昏且陰的沉黑

兼着那雨滴竹梢更覺悽涼知寶釵不能来便在灯下隨便拿了一本書却是樂府雜稿有秋閨怨別離恨等詞黛玉不覺心有所感亦不禁發於章句遂成代別離一首擬春江花月夜之格乃名其詞曰秋窗風雨夕

其詞曰

秋花慘淡秋草黄　耿耿秋燈秋夜長
已覺秋窗秋不盡　那堪秋雨助淒涼
助秋風雨来何速　驚破秋窗秋夢綠

抱淂秋情不忍眠　自向秋屏移淚燭
淚燭搖〻爇短檠　牽愁照恨動離情
誰家秋院無風入　何處秋窗無雨聲
羅衾不奈秋風力　殘漏聲催秋雨急
連宵脉〻復颼〻　燈前似伴離人泣
寒烟小院轉蕭條　踈竹虛窗時滴瀝
不知風雨几時休　已教淚洒窗紗濕
吟罷擱筆方要安寢了鬟報說寶二爺來了一語未盡

只見寶玉頭上戴着大箬笠身上披着蓑衣黛玉不覺笑了那里来的漁翁寶玉忙問今兒好些吃了藥沒有今兒一日吃了多少飯一面説一面摘了笠脱蓑忙一手舉起燈来一手遮着燈光向黛玉臉上照了一照覷着眼瞧了一瞧笑道今兒氣色好了些黛玉看脱了蓑衣裡面只穿半舊紅綾短襖繫着綠汗巾子膝上露出綠紬撒花褲子底下是掐金滿綉的綿紗襪子靸着蝴蝶落花鞋黛玉問道上頭怕雨底下這鞋襪子是不怕雨的也到

乾寶玉笑道我這一套是全的有一雙棠木屐纔穿了来
脱在廊簷上了黛玉又看那蓑衣斗笠不是尋常市賣
的十分细緻軽巧因説道是什麽草編的怪道穿上不像那
刺蝟似的寶玉道這三様都是北静王送的他閒了下雨时
在家裡也是這樣你喜歡這个我也弄一套来送你别的都
罷了惟有這斗笠有趣竟是活的上頭的這頂兒是活的
冬天下雪戴上帽子就把竹心子抽了去下頂子来只剩了這
圈子下雪時男女都戴得我送你一頂冬天下雪戴黛

玉笑道我不要他戴上那个成个画兒上画的和戲上扮的漁婆了及說了出来方想起話未忖度与方纔說寶玉的話相連後悔不及羞的臉飛紅便伏在棹上嗽个不住寶玉却不留心因見案上有詩遂拿起来看了一遍又不禁叫好黛玉听了忙起来奪在手内向灯上燒了寶玉咲道我已背熟了燒也無碍黛玉道我也好了些多謝你一天来几次瞧我下雨還来這會子夜深了我也要歇著你且請回去明日再来寶玉聽說回手向懷内掏出一个核桃

大小的一个金表来瞧了一瞧那針已指到戌末亥初之间忙
又揣了说道原該歇了又擾的你勞了半日神说着披蓑
戴笠出去了又番身進来问道你想什庅吃你告诉我〻
明兒一早回老太〻豈不比老婆子们说的明白黛玉咲
道等我夜里想着了明兒一早告诉你〻聽雨越發緊
了快去罷可有人跟着没有〻两个婆子答應有人外面
拿着伞点着灯籠呢黛玉咲道這个天点灯籠寳玉道
不相干是明瓦的不怕雨黛玉聽说回手向書架上把个

玻璃綉毬燈拿了下来命点一枝小蠟来遞与寶玉道這个又比那个亮正是雨裡点的寶玉道我也有這庅一个怕他们失脚滑倒打破了所以没点来黛玉道跌了燈值錢跌了人值錢你又穿不慣木屐子那燈籠命他们前頭照着這个又輕巧又亮原是雨裡自己拿着的你自己手裡拿着這个豈不好明兒再送来就失了手也有限的怎庅忽然又变出這剖腹藏珠的脾氣来寶玉聽了忙接了過来前頭兩个婆子打着傘拿

着明瓦燈後頭還有兩个小丫嬛打着傘寶玉便將
這个灯遞与一个小丫頭捧着寶玉扶着他的肩一逕去
了就有蘅蕪苑一个婆子也打着傘提着灯送了一大
包燕窩来還有一包子潔粉梅片雪花糖説這比
買的强姑娘説了姑娘先吃着完了再送来黛玉回
説費心命他外頭坐了吃茶婆子咲道不吃茶了我
還有事呢黛玉咲道我也知道你們忙如今天又涼夜又
長越發該會个夜局痛賭兩塲了婆子咲道不瞞姑娘

說今年我大沾光了橫豎每夜有几个上夜的人悮了更也不好不如會个夜局又坐了更又解了悶今又是我的頭家如今園门閗了就該上場了黛玉聽説笑道難為你悮了你發財冒雨送来命人給他几百錢打些酒吃說着磕頭外面接了錢打傘去了紫鵑收起燕窩然後移灯下簾伏侍黛玉睡下黛玉自在枕上感念寶釵一時又羡他有母兄一面又想寶玉雖素習和睦終有嫌疑又聽見窓外竹梢蕉葉之上雨聲淅瀝清寒透幕

不覺又滴下淚來直到四更將儞方漸〻的睡了暫且無話要知端的下回分解

石頭記第四十六回

尷尬人難免尷尬事
鴛鴦女誓却鴛鴦偶

話說林代玉直到四更将闌方漸〻的睡去暫且無話如今且說鳳姐見因見邢夫人叫他不知何事忙另穿帯了一番坐車過来邢夫人将房内人遣出悄向鳳姐見道叫你来不為别的有一件為難的事老

爺托我我不得主意先和你商量老爺因看上了老太太的鴛鴦要他在房里吽我和老太太討去我想這到是平常有的事只是怕老太太不給你可有法子沒有鳳姐兒听了忙道依我說竟別碰這个釘子去老太太離了鴛鴦飯也吃不下去的那里就捨得了况且平日說起閑話来老太太常說老爺如今上了年紀作什庅左一个小

老婆右一个小老婆放在屋里没的耽悮了人家放着身子不保養官也不好生做去成日家和小老婆喝酒太太听這話狠喜欢大老爺呢这會子廻避还恐廻避不及反到拿草棍兒戳老虎的鼻子眼兒去了太太别惱我不是我不敢去的明放着不中用而且反惹出沒意思来老爺如今上了年紀行事不妥太太該勸纔是比不得年輕

作这事無碍如今兄弟姪兒〻子孫子一大群还这広閙(鬧)起来迹(怎)広見人呢邢夫人冷笑道大家子三房四妾的也多偏偺們就使不得我劝事也為(未)必依就是老太太心爱的丫頭這広鬍子蒼白了又作了官的一个大兒子要了作房裡人也未必好駁回的我叫了你来不過商議商議你先派上了一篇不是也有叫你要去的理自然是

我說去你到說我不劝你还是不知道那性子的劝不成先和我惱了鳳姐兒知道邢夫人禀性愚強只知承順賈赦以自保次則婪聚財貨為自淂家下一應大小事務俱由賈赦擺佈凡出入銀錢事務一經他手便尅嗇異常以賈赦浪費為名須淂我就中儉省方可償補兒女奴僕一人不靠一言不听的如今又听邢夫人如此的

話便知他又弄左性劝了不中用連忙陪笑說道太太这話說的極是我能活了多大知道什庅輕重想来父母跟前别說一个了頭就是那庅大的一个活宝貝不給老爺給誰背地里的話那里信的我竟是个獃子璉二爺或有日得了不是老爺太太恨的那樣恨不得立刻拿来一下子打死及至見了面也罢了依旧拿着老爺太

太心愛的東西賞他如今老太太帶衛老
爺自然也是那樣了依我說老太太今見
喜歡要討今見就討去我先過去哄着老
太太發笑䒭老太太過去了我搭趣着走
開把屋子里的人我也帶開太太好和老
太太說給了更好不給也没方碍象人也
不得知道邢夫人見他这話便又喜欢劝
起来又告訴他道我的主意先不和老太

太說老太太說不給这事便死子了心了我心裡
想着先悄：的和外央說他蛊害臊我細
細的告訴了他：自然不言語就妥了那
再和老太太說老太太雖不依擱不住他
愿意常言人去不中留自然这就妥了鳳
姐見笑道到底是太太有智謀這是千妥
万妥別說是外央憑他是誰那一个不想
巴高望上不想出頭的这半个主子不做

到愿意作个了頭將来配个小子就完了
那夫人笑道正是这个話了别說外央就
是那些執事的大了頭誰不愿意这樣呢
你先過去别露一点風声我吃了晚飯就
過来鳳姐見暗想外央素習是个可恶的
虽如此說保不嚴他不愿意我先過去了
太太後過去若他依了便没話說倘或不
依太太是多疑的人只怕了就疑我走了

風声使他拿腔作勢的那時太太又見應了我的話羞惱変成怒拿我出起氣来倒沒意思不如同着一齊過去了他依也罷不依也罷就疑不到我身上了想畢因說道方纔臨来旧母那边送了兩籠子鵪鶉我吩咐他們炸了原要赶太太晚飯上送過来的我纔進大門時見小子們抬車說太太的車拔了縫拿去收什去了不如

这会子坐了我的車一齊過去倒好邢夫人
听了便命人来換衣服鳳姐忙着伏侍了
一回娘兒三個坐了車過来鳳姐兒又
説道太太過老太太那里去我若跟了去
老太太若問起我過来作什広的倒不如
太太先去我脱了衣裳再来邢夫人听了
有理便自往賈母処来和賈母説了一回
閒話便出来假托往王夫人房裡去從後

房門出去打外央的卧房門前過[経]只見外央正在盎那里做針線見了邢夫人站起来邢夫人笑道做什庅呢我睄〻你扎的花見越發好了一面說一面進来接他手内的針線瞧了一瞧只曾讚好放下針線又渾身打量只見他穿着半新的藕色綾袄青緞掐边牙[色]背心下面[穿着]綠[能]裙子腰前背[綾]鴨蛋臉烏油頭髮高〻的鼻子兩边腮上

微〻的几点雀斑〔细白麻〕夗央見這〔邢夫人〕般看他自已
倒不好意思起来心里便覔咤意〔異〕回笑問
道太太這會子不早不晚的過来做什庅
邢夫人使个眼色兒跟的人退出邢夫人
便坐下拉着夗央的手笑道我特来給你
道喜来了夗央听了心中已猜着三分不
覔紅了臉低了頭不發一言聽邢夫人道
你知道你老爺跟前竟没有个可靠的人

的人心里再要買一个又怕那些牙子家出来的不干不净也不知道毛病兒買了来家三日两日又弄鬼吊猴的因滿府里挑一个家生女兒収了又没个好的不是模樣兒不好就是性子不好有了这个好處没了那个好處因此冷眼選了半年这些女孩子里頭就只你是个尖兒模樣兒行事作人温柔可靠一概是齐全的意思

要和老太太討了的去收在屋里你比不
淂外頭新買的你这一進去了進門就〔去〕封
開了臉就封你〔是〕姨娘又体面又遵〔尊〕貴你又
是个要強的人俗語說的金子还得的金
子換誰知竟被老爺看〔看中〕重了你如今这一
来你可遂了素日心高志智大的愿了又
堵一堵那些嫌你的人的嘴跟了我回老
太太去說着拉了他的手就要走外央紅

臉奪手不行邢夫人知他害燥便又說道这有什庅臊處你又不用說話只跟着我我就是了夗央只低着頭不動身邢夫人見他这般便又說道难道你还不愿意不成若果然不愿意可真是个傻丫頭了放着主子奶〻不做倒愿意作丫頭三年二年不过配一个小子还是奴才你跟了我們去你知道我的性子又好又不是那不

容人的人老爺待你們又好過一年半載生下个一男半女就和我並肩了家裏的人你要使喚誰。还不動現成主子不做去錯過这个机会後悔就遲了夗央只管低着頭仍是不語邢夫人又道这広个響快人怎広又这樣積粘起来有什広不称心之處只管說與我；管你遂心如意就是了夗央仍不語邢夫人又笑道想是你你有老子娘你自已不肯説話害臊你等他們問你这也是理讓我問他們去叫他們来問你有話只管告訴他們説畢便往鳳姐兒房中来鳳姐兒早換了衣服因房内無人便將此話告訴了平兒平兒也搖頭笑道據我看此事未必妥平常我們背着人説起話来听他那主意未必是肯的也只説着睄罷了鳳姐兒道太太必来这屋

里商議依了还可不依白討个燥當着你們豈不臉上不好看你說給他們炸鵪鶉再有什広配几樣預備吃飯你且別處徃々去估量着去了再来平兒听說照樣傳給婆子們便逍遥自在的往園子里来这里外央見邢夫人去了必在鳳姐兒房里商議了必定有人来問他的不如躲了这里因找了琥珀說道老太太要問你只說

我病了沒吃早飯往园子里逛逛就来琥
珀答應了外央也往园子里来各處遊玩
再相正遇見平見因見無人便笑道新姨
娘来了外央听了便紅了臉說道怪道你
們串通一氣来算計我等着我和你主子
鬧去就是了平見听了自悔失言便拉他
到枫樹底下坐在一塊石上越性把方纔
鳳姐過去回来說有的形影言詞始末原

由告訴了他夗央紅了臉向平兒冷笑道这是偺們好譬如襲人琥珀素雲紫鵑彩霞玉釧兒麝月翠墨跟了史姑娘去的翠縷死了的可人和金釧去了的茜雪連上你我這十来个人從小兒什庅話兒不說什庅事兒不作这如今因都大了各自幹各自的去了然我心里仍是照旧有話有事並不瞞你們这話我先放在你心里且別

和二奶〻說別說老爺要我作小老婆就是太太這会子死了他三媒六聘的要我去作大老婆我也不能去平兒方欲咲答道只听山石背後哈〻的咲道好个沒臉的了頭虧你不怕牙磣二人听了不免吃了一驚忙起身面向山石後找尋不是別个却是襲人咲着走了出来問什広事情告訴我說着三人坐在石上平兒又把方纔

的話（說）與襲人听（襲人）道真：这話論理不該我
說这个老爺太好色了畧平頭正臉的他
就不放手了平兒道你既不愿意我交你
个法子不用費事就完了外央道什庅法
子你說来我听平兒笑道你只和老太太
說就說（已）経給了璉二爺了大老爺就不好
要了外央啐道什庅東西你还說呢前兒
你主子不是这庅混說的誰知應到今兒

襲人咲道他們两个都不愿意我就和老太太說咔老太太就說把你已經許了宝玉了大老爺也就死心了死央又是氣又是燥又是急又因罵道两个蹄子不得好死的人家有為难的事拿着你們當作正緊人告訴你們與我排解排解你們倒替換着取咲見你們是已都有了結果了将来都是作姨娘的據我看天下的事未必都

遂心如意你們且収着些兒別忒樂過了頭兒二人見他急了忙陪笑央及道好姐姐別多心咱們從小兒都是親姐妹一般不過無人處偶然取个笑兒你的主意告訴我們知道了好放心平兒央道什広主意我只不去就完了平兒搖頭道你不去未必得平休大老爺的性子你是知道的雖然你是老太太房里的人此刻不敢把你怎樣

难道你跟老太太一輩子不成也要去的
那時落了他的手倒不好了外头冷咲道老
太太在一日我一日不離這里若是老太
太帰西去了他橫竪还有三年的孝呢但
擱他娘才死了没有他就放小老婆的理等到了
三年知道又是怎庅个光景那時再說揔
到了至急為难我剪了頭髮作姑子去不
然还有一死一輩子不嫁男人又怎庅樣

樂得干净呢平兒襲人道真这蹄子沒了臉越發信口見都說出来了外央道事到如此燥一回子怎庅樣你們不信慢々的看着就是了太太才說了找我老子娘去我看他南京找去平兒道你才說了找我老子娘去你的父母都在南京看房子沒上来終久也尋的着現在还有你哥々嫂嫂在这里可惜你是这里的家生女兒不

如我們兩个人单在這里外央道家生女
児怎庅様牛不吃水強按頭我不愿意难
道殺我的老子娘不成正説着只見他嫂
子從那边走来襲人道當時找不着你的
爹娘一定和你嫂子說了外央道這个娼
婦常曾是个九國販駱駝的听了這話他
有个不奉承去的説話之間已来到跟前
他嫂子咲道那里没找到姑娘跑了這里

来你跟了我来我和你說話平兒襲人都忙(上前)讓坐他嫂子只說姑娘們請坐找我們姑娘說句話襲人平兒都裝不知道咲說道什庅(話)这樣忙我們这里猜謎兒贏手(腦)批(廊)子打呢等猜了这个再去夗央道說(什)庅話你說罷他嫂子咲道你跟我来到那里我告訴你橫竪有句話兒夗央道(可)是太太和你說的那話他嫂(子)咲道姑娘既知道(怎庅)

奈何我快来我細細的告訴你可是天大的喜事处央听說立起身来照他嫂子臉上下死劲啐了一口指着他罵道你快着夾那毴嘴離了这里好多着呢什庅好話宋徽宗的鷹趙子昂的馬都是好画見什庅喜事状元痘見嚾的漿又滿是喜事怪知不的道成日家羨慕人家的女見作了小老婆一家子都仗着他横行霸道的一家子

都成了小老婆了看的眼熱了也把我送在火坑里去我若得臉呢你們外頭橫行霸道自已就封了自己是舅爺了我若不得臉敗了時你們把忘八脖子一縮生死由我去一面罵一面哭平見襲人攔着劝他嫂子臉上下不來因說道愿意不愿意你也好說不犯着撺三掛四的俗語説当着家子别說短話姑奶奶罵我我不敢还言

这二位姑娘並沒惹着你小老婆長小老婆短人家臉上怎麼過的去襲人平見忙道你倒別这麼說他也不是說我們你倒別牽三掛四的你听見那位太太老爺們封了我們作小老婆況且我們兩个也沒有爹娘哥〻兄弟在這門子里仗着我們横行霸道他罵的人自有他罵的我們犯不着多心夗央道他見我罵了他燥了沒皮

的盖臉又拿話挑唆你們两个幸虧你們
两个明白原是我急了也沒分别出来他
就挑出这个空見来他嫂子自竟沒趣賭
氣去了外央氣的还罵平見襲人劝他一
回方罢了平見因問襲人道我因為往四
姑娘房里睄我們宝爺去的誰知遲了一
步說是来家里来了我疑惑怎么不撞見
呢想要往林姑娘家找去又遇見他的人

說他没去我这里正疑惑是出园子去了可巧你從那里来了我一問你也没見看後来他又来了我從这樹後頭走到山子石後我亦[起所見]見你兩个說話来了誰知你們四个眼睛没見我一語未了又听身後咲道四个眼睛没見你〻們六个眼睛竟没見我三人唬了一跳回身一看不是別个正是宝玉走来襲人先咲道要[叫]我好找你[打]

那里来宝玉咲道我從四妹〻那里出来迺頭看見你未了我就知道是找我去的我就藏了起來哄你看你腆俛着頭过去了進了院子又出来了逢人就問我在那里好笑只等你到了跟前唬你一跳的後来見你也藏〻躲〻的我就知道也是要哄人了我回頭往前看了一看却是他两个所以我就遶到你身後你出去我就躲在你

躲的那里了平見笑道偺們再往後找了
去只怕还找出两个人来也未可知宝玉
咲道这可再没有了外央已知話俱被宝
玉听了只伏在石頭上粧睡宝玉推他咲
道这石頭上冷偺們回房里去睡豈不好
說着拉起外央来又忙讓平見来家坐吃
茶平見和襲人都劝外央走外央方立起
身来四人竟往怡紅院来宝玉将方纔的

話俱已听見此時心中自然不快只黙〻的歪在床上任他三人在外間說笑外边邢夫人因問鳳姐見外央的父母有沒有的鳳姐因說他爹的名字吽金彩兩口子都在南京看房子從不大上京他哥〻文翔現在是老太太那边的買辦他嫂子也是老太太那边漿洗上的頭見邢夫人便命人吽了他嫂子金文翔媳婦来細〻說與他金家

媳婦自是喜欢央〻頭〻去找允央指望
一說必妥不想被允央搶白了一頓又被
襲人平見說了几句羞惱回来便对邢夫
人說不中用他到罵了我一場因鳳姐見
在傍不敢提平見說了襲人也帮着他搶
白我說了許多不知好歹的話回不的主
子的太太和老爺商議再買罢諒那小蹄
子也没有这広大福我們也没有这広大

造化邢夫人听了因說道这又與襲人什広相干他們如何知道的又問还有誰在跟前金家的道还有平姑娘鳳姐見忙道你不該拿嘴巴子打他回來我一出了門他就逛（逛）去了回家来連一个影兒也摸不着他〻必定也帮說什広呢金家的道平姑娘没在跟前遠〻的看着倒像是他可也不真切不過是我白忖度鳳姐便命人

去快找了他来告訴他我来家了太太也
在这里請他來帮个忙見豊見忙上来回
道林姑娘打發了人下請字請了三四次
他就去了奶丶一進門我就叫他去的林
姑娘說告訴奶丶我煩他有事呢鳳姐見
听了方罢故意还說天丶煩他有些什庅
事邢夫人無計吃了飯回家晚見上告訴了
賈赦賈赦想了一想即刻叫賈璉來說南

京的房子还有人看着不只止一家即刻叫上京金彩来賈璉回道上次南京信来金彩已經得了痰迷心竅那边連棺材銀都賞了不知如今是死是活便是活着人事不醒叫来無用他老婆子又是个聾子賈赦听了喝了一声又罵下流囚攮的偏的你这庅知道还不離了我这里唬的賈璉退出一時又叫傳金文翔賈璉在外書房伺

候着又不敢家去又不敢見他父親只得
听着一時金文彩翔来了小么兒們直帶入
二門去隅隔了五六頓飯的工夫纔出来去
了賈璉暫且不敢打听隅隔了一会又打听
賈赦睡了方纔过来至晚間鳳姐兒告訴
他方纔明白外央一夜無不睡至次日他哥
哥回賈母接他家去逛〻賈母允了命他
出去外央意欲不去又怕賈母疑心只得

勉強出来他哥〻只得將賈赦的話說與他又許他怎広体面又怎広当家作姨娘夗央只咬定牙不願意他哥〻無法少不不得回去覆命賈赦賈赦怒起来因說道我這話告訴你叫你女人向他說去就說我的話自古嫦娥愛少年他必定嫌我老了大約他恋着少爺們多半是看上了宝玉只怕也有賈璉若有此心叫他早〻

歇了我要他不来已後誰还敢収此是一件第二件想着老太太疼他将来自無然往外聘作正頭夫妻去的叫他細想憑他嫁到了誰家也难出我的手心除非他死了或是終身不嫁男人我就伏了他若不然時叫他趁早回心轉意有多少好處賈赦說一句金文翔應了一声是賈赦道你別哄我还打發你太太过去問夗央你們說了

他不願意便不没你們的不是若問他〻再依了仔細你的腦袋金文翔忙應了又應退出回家也等不得告訴他女人轉說竟自己对面說了这話把个外央氣的無話可回想了一想便說道我便愿意去了須得你們帶了我回聲老太太去他哥嫂听了只当回想过来都喜之不尽他嫂子即刻帶了他上来見賈母可巧王夫人薛姨

媽李紈鳳姐見宝釵等姨妹並外頭的幾
個執事有頭臉的媳婦都在賈母跟前湊
趣見呢夗央喜之不盡拉了他嫂子到賈
母跟前跪下一行哭一行說把邢夫人
怎麽來說園子里他嫂子又如何說今見
他哥〻又如何說因為不依方纔大老爺
索性說我戀着宝玉不然要等着往外聘
憑我到天下這一倒子也跑不出他的手

心去終久要報仇我是横了心的當着衆人在这里我这一輩子别説是宝玉便是宝金宝銀宝天王宝皇帝横竪不嫁人就完了就是老太太逼我一刀子抹死了也不能從命若有造化我死在老太太之先沒造化該討吃的命伏侍老太太歸了西我也不跟着我老子娘哥哥去我或是尋死或是剪了頭髮当尼姑去若説我不是

真心暫且拿話支吾日後再圖別的天地鬼神日頭月亮照着嗓子從嗓子里頭長疔爛了出来爛化成醬在這里原來他一進来時便袖了一把剪子一面說着一面回手打開頭髮右手就鉸眾婆娘丫鬟忙来拉住已剪下半綹来了眾人看時幸而他的頭髮極多絞得不透連忙替他挽上賈母聽了氣的渾身打戰口內只說我通共剩

了这広一个可靠的人他們还要来筭計
因見王夫人在傍便向王夫人道你們原
来都是哄我的外頭孝順暗地里盤筭我
有好東西也来要有好人也来要剩了这
広个毛了頭見我待他好你們自然氣不
過弄開了他好擺弄我王夫人忙站起来
不敢還一言薛姨媽見連王夫人怪上反
不好勸的了李紈一听見夗央这話早帶

姨（着）妹（姊妹）們出去探春有心的人想王夫人雖
有委屈如何敢辩（辯）薛姨媽現是親姨妹（妹）自
然也不好辩（辯）的宝釵也不便為姨母辩（辯）李
紈鳳姐宝玉一概不敢辩（辯）这正用着女孩
見之時迎春老寔惜春小因此窓外听了
一听便走進来陪笑向賈母道这事與太
太什庅相干老太太想一想也有大伯子
要收屋里的人小嬸子如何知道便知道

也推不知道犹未說完賈母笑道可是我
老糊塗了姨太〻別笑話我你這个姐〻
極教〔孝〕順我不像我那大太太一味怕老爺
婆〻跟前不過應景兒可是我委屈了他
他〔了〕薛姨媽只答應是又說老太太偏心多
疼小兒子媳婦也是有的賈母道不偏心
因又說宝玉我錯怪了你娘你這〔怎〕広也不
提我看着你娘委屈宝玉笑道我偏着娘

說大爺大娘不成通共一个不是我娘在这里不認却推誰去我到要認是我的不是老太太又不信賈母笑道这也有理你快給你娘跪下你說太太別委屈了老太太有年紀了看着宝玉罢宝玉听了忙走過便跪下要說王夫人忙笑着拉他起来說快起来断乎使不得終不成替老太太給我陪不是不成宝玉听說忙跕起来賈

母又笑道鳳姐兒也不提我鳳姐兒道我倒不派老太太的不是老太太倒尋上我了賈母听了與衆人都咲道这可奇了倒要听这不是鳳姐兒道誰叫老太太会調理人調理的水葱兒似的怎庅怨得人我幸虧是孫子媳婦我若是孫子我早要了还等倒这会子呢賈母笑道这倒是我的不是了鳳姐笑道自然是老太太的不是

了賈母笑道这樣我也不要了你帶了去罢鳳姐兒道等着脩了这陪子来生托生男人我再要罢賈母笑道你帶了去給璉兒放在屋里看你那没臉的公〻还要不要了鳳姐兒道璉兒不配就只配我和平兒这一对燒胡了的餋子和他混罢說的象人都笑起来了丫頭回說大太〻来了王夫人忙迎了出去要知端的下回分解

石頭記第四十七回

獃霸王調情遭苦打
冷郎君懼禍走他鄉

話説王夫人聽見邢夫人来了連忙迎了出去邢夫人猶不知賈母已知鴛鴦之事正還及（要）又来打聽信息進了院门早有幾個婆子悄〻的回了他知道待要回去裡面已知又見王夫人接了出来少不得進

来先與賈母請安賈母一聲兒不言語自

已覺得愧悔鳳姐早指一事迴避了鴛鴦

也自回房生氣薛姨媽王夫人等恐礙著

邢夫人的臉面也都漸漸退了邢夫人直

不敢出去賈母見無人方纔道我聽見你

替你老爺說媒來了你倒也三從四德的

只是這賢惠也太過了你可如今也是孫

子兒子滿眼了你還怕勸兩句都使不得

還由著你老爺的那性兒鬧邢夫人滿面通紅回道我勸過幾次不依老太〻還有什麽不知道的呢我也是不得已兒賈母道他逼著你殺人你也殺去如今你也想想你兄弟媳婦本來老實人生的多病多痛上〻下〻那不是他操心你一個媳婦雖然幫著也是天天丟了爬兒弄掃帚幾百事情我如今自己減了他們兩個就有

些不到去要有鴛鴦那孩子還心細些我的事情他還想著一点子該要去的他就要了來該添什庅他就趁空兒告訴他們添了鴛鴦再不些這樣他娘兒兩個裡頭外頭大的小的那裡不忽畧一件半件我如今反到自己操心去不成還是天天盤算和你們要東西去我這屋裡有的沒的剩了他一個年紀也大些的我凢百的脾氣性

格兒他還知道些二則他也還投主子的緣法他也並不指著我和這位太〻要衣裳去又和那位奶〻要銀子去所以這幾年一應事情他說什麼從你小嬸和你媳婦起以至家下大〻小〻沒有不信的所以不單我得靠連你小嬸媳婦也都省些心我有了這个人便是媳婦孫子媳婦有想不到的我也不得缺了也沒氣可生了這

會子他去了你們美个什麽人來我使你們就美他那麽一個真珠的人來不會説话也無用正五要打發人和你老爺説去他要什麽人我這裡有錢叫他只管一萬八千的買去就只這個丫頭不能留下他伏侍我幾年就比他日夜伏侍我盡了孝的一般你來的也巧就去説更妥當了説畢命人來請了姨太太你姑娘們來纔高

興說个話兒怎麼人都散了丫頭們忙答應找去了家人忙赶的又來只有薛姨媽和那丫嬛道我纔來了又做什麼去你說我睡了覺那丫頭道好親〻的姨太〻姨祖宗我們老太〻生氣呢你老人家不去沒个開交了只當疼我們罷你老人家嫌乏我背了你老人家去薛姨媽笑道小丫頭你怕什麼不過罵幾句完了說著只得

合這小丫頭子走來了賈母忙讓坐又笑道咱們閑牌姨太〻的牌也生咱們一處坐著別叫鳳姐兒混了我們去薛姨媽笑道正是呢老太〻替我看著些兒就是咱們娘兒四個鬪呢還是再添人呢王夫人笑道可不只四個人鳳姐兒道再添一个人熱鬧些賈母道叫鴛鴦來叫他在這下手里坐著姨太〻的眼花了咱們兩個的牌

都叫他瞧着些兒鳳姐叫了一聲向探春道你們知書識字的到不學算命探春道這又奇了這會子你不打点精神贏老太〻幾個錢又想算命鳳姐道我正要算〻今兒該輸多少呢我還想贏呢你瞧〻場子沒上左右都埋伏下了說的賈母薛姨媽都咲起来一時鴛鴦来了便坐在賈母下手賈母道鴛鴦〻下便是鳳姐鋪下紅毡洗

牌揭么五人起牌鬪了一回鴛鴦見賈母牌已十嚴只等一張二餅便遞了暗號與鳳姐〻〻正該發牌便故意躊躕了半晌笑道我這一張牌定在姨媽手裡扣着呢我若不發這一張牌再頂不下來的薛姨媽道我手裡並沒有你的牌鳳姐道我回來是要察的薛姨媽道你只管察且發下來我瞧〻是張什麼鳳姐便送在薛姨媽

跟前薛姨媽一看是个二爺便咲道我到
不稀罕他只怕老太〻滿了鳳姐聽了忙
咲道我錯了賈母咲的已都撂下脾来説你
敢拿回去誰叫你錯的不成鳳姐道可是
我要算一算命呢這是自己發的也怨埋
伏賈母咲道可是你自己打着你那嘴问
着你自己纔是又向薛姨媽咲道我不是
小氣愛贏錢原是个彩頭薛姨媽咲道可

是不這樣那里有那樣糊塗人説老太〻愛錢呢鳳姐正數着錢聽〻這話忙又把錢穿上了向衆人咲道夠了我的了竟不爲贏錢單爲贏彩頭我到底小器輸了就數錢快收起來罷賈母是規矩鴛鴦代洗牌因和薛姨媽説笑不見鴛鴦動手賈母道你怎庅惱了連牌也不替我洗鴛鴦拿起牌來咲道二奶〻不給錢賈母道他不給

錢那是他交運了便命小了頭子把他那
一吊錢都拿過来小了頭真就拿了擱
在賈母傍邊鳳姐忙笑道賞我罷照數兒
給就是了薛姨媽咲道果然鳳了頭小器
不頑兒罷了鳳姐聽說便就起来拉住薛
姨媽回頭指著賈母素日放錢木箱子咲
道姨媽瞧〻那个裡頭不知頑了我多少
去了這一吊錢頑不了半个時辰那裡頭

的錢就招手兒叫他了只得把這一吊也
叫進去了牌也不用鬬了老祖宗的氣也
平了又有正經事差我去辦去了話未說
完引的賈母眾人笑个不住偏有平兒怕
錢不彀又送了一吊來鳳姐道不用放在
我跟前也放在老太太的那一處罷一齊
叫進去倒省事不用做兩次箱子里的錢
費事賈母笑的手里的牌撒了一桌子推

著鴛鴦叫快撕他的嘴平兒依言放下錢
也咲了一回方回来至院门前遇見賈璉
问他太〻在那里呢老爺叫我請過去呢
平兒忙笑道在老太〻跟前呢跟了這半
日還没動手呢趂早丟開手罷老太〻生
了半日氣這會子虧二奶〻湊了半日趣
纔書好些賈璉道我過去只說討老太〻
示下十四往賴大家去不去好預備轎子

又討了太〻又湊了趣兒豈不好平兒唉、道〔你〕依我說你竟別過去罷合家子連太〻寶玉都有了不是這會子你又填眼去了賈璉道已經完了難道還找補不成況且与我又無干二則老爺親自吩咐我請太〻的這會子我打發人去倘或知道了正耳〔沒〕好氣呢指著這個拿我生氣罷說著就走平兒見他說的有理也便跟了過來賈璉到了堂屋裡往內走時把脚放輕了往里間探頭只見邢夫人跟在那裡鳳姐眼尖先瞧見了便使眼色不命他進来又使眼色与邢夫人邢夫人不便就走只得到了一碗茶来放在賈母跟前賈母一回身賈璉不防便没躲給倒賈母便問外頭是誰倒像个小子一伸頭鳳姐忙起身説我也恍惚看見一个人影兒讓我瞧瞧去一面

説一面起身出来賈璉忙進来陪咲道打
聽老太〻十四可出门好預備轎子賈母
道既這庅樣怎庅不進来又作鬼作神的
賈璉笑道見老太〻頑牌不敢驚動不過
呌媳婦出来問〻賈母道就忙到這一時
等他家去你問他多少問不得那一遭兒
你這庅小心来著又不知是来作耳報神
的也不知是来作探子兒的鬼〻祟〻倒嚇[illegible]了

我一跳什庅好下流種子你媳婦和我頑牌
呢還有半日的空兒你家去再合那趙二
家的商量治你媳婦去罷說著衆人都咲
了鴛鴦笑道鮑二家的老祖宗又拉上趙
二家的賈母也咲道可是我那哩記得什
庅抱著背著的提起這些事來不由我不
生氣我進了這門子作重孫子媳婦起到
如今我也有了重孫子媳婦了連頭帶尾

五十四年憑着大驚大險千奇百怪的事也經了些從沒經過這事還不離了我這裡呢賈璉一聲兒不敢說忙退了出來平兒在窗外站着悄悄笑道我說你不聽到底彌在網裡了正說着只見邢夫人也出來賈璉道都是老爺鬧的如今搬在我合太太身上邢夫人道我把你沒孝心的雷打的下流種子人家還替老子死呢白說

了幾句你就抱怨了你還不好〻的呢這
幾日生氣仔細他抱你賈璉道太〻快過
去罷咩我来請了好半日了說着送他母
親出来過那邊去邢夫人將方纔的話只
略說了幾句賈赦無法又含愧自此便等粧
病且不敢見賈母只打發邢夫人及賈璉
每日過去請安只得又各處遣人購求尋
覓終久費了八百兩銀子買了一個十七

歲的女孩子来名喚嫣紅收在屋内不在話下這里閒了半日牌吃晚飯纔罷自此一二日間無話展眼到了十四黑早賴大的媳婦又進来請賈母高興便帶了王夫人薛姨媽及寶玉姊妹等至賴大花園中坐了半日那花園雖不及大觀園却也十分齊整寬闊泉石林木樓閣亭軒也有好幾處驚人駭目外面廳上薛蟠賈珍賈璉賈蓉

並幾个近族的狠遠的也沒来貫赦也沒
来賴大家因也請了幾个現任的官長並
幾家世家子弟作陪因其中有柳湘蓮薛
蟠自上次會過一次已念念不忘又打聽
他最喜串戲且串的都是生旦風月戲文
不免錯會了意悮認他作个風月子弟正
要与他相交恨沒有个引進這日可巧遇
見無可無不可且賈珍等也慕他的名酒

蓋住了聽說求他串了兩齣戲下來移席
和他一處坐着問長問短說此說彼那柳
湘蓮原係世家子弟讀書不成父母早喪
素性爽俠不拘細事酷好耍鎗舞劍賭博
吃酒已至眠花卧柳吹笛彈箏無所不為
因他年紀又輕生得又美不知他身分的
人都悮認作優伶一類那賴大之子賴尚
榮与他素習交好故今日請來作陪不想

酒後別人猶可獨薛蟠又犯了舊病湘蓮心中
早已不快得便意欲走開完事無奈賴尚
榮又說方纔寶二爺又囑咐我纔一進來雖
見了只是人多不好說話叫我囑咐你散
的時候別走他還有話說呢你既一定要
去等我叫出他來你兩个見了再走與我
無干說著便命小廝們到裡頭找一个老
婆子悄悄告訴請出寶二爺來那小廝去

了沒一盞茶時果見寶玉出來了賴尚榮向寶玉咲道好叔〻把他交給你我張羅人去了說著已經去了寶玉便拉了柳湘蓮到廳側小書房中坐下問他這幾日可到秦鍾的墳上去了否湘蓮道怎麼不去前日我們幾個放鷹去離他墳上還有二里我想今年夏天的雨水勤恐怕他的墳站不住我背衆人走到那里去瞧了一瞧果然

又動了一点子回家來就便丟了幾百錢
第三日一早出去僱了兩個人收拾好了
寶玉道怪道呢上月我們大觀園的池子
裡頭結了蓮蓬我摘了十个叫茗烟出去
到墳上供他去回来我也問他可被雨沖
環沒有他說不但不沖且比上回又新了
些我想着不過是這个朋友新築了我只
恨我天天圈在家裡一点兒作不的主行動

就有人知道不是這個攔就是那个勸的
能說不能行雖然有錢人不由我便湘蓮
道這个事也不用你操心外頭有我你只
心裡有了就是了眼前十月我已经打点下
上坟的花消你知道我一貧如洗家裡是
沒的積聚總有幾个錢來隨手就完的不
如趁空兒留下這一分省得到了跟前扎
手寶玉道我也正為這个要打發个人找

你〻又不大在家知道你天〻萍踪浪跡没个一定的去处湘蓮道你也不用找我這个事也不過各盡其道眼前我還要出门去走〻外頭逛个三年五載再回来寶玉聽了忙问這是為何柳湘蓮冷笑道我的心事等到跟前你自然知道我如今要别過了寶玉道好容易會着晚上同散豈不好湘蓮道你那令姨表兄還是那樣再

坐著未免有事不如我迴避了到好寶玉想了一想說道既是這樣倒是迴避他為是只是你要果真遠行必須先告訴我一聲千萬別悄々的去了說著便滴下淚來柳湘蓮道自然要辭的你只別和別人說就是說著便站起來要走又道你就進去罷不必送我一面說一面出了書房剛到大门前早遇見薛蟠在那里乱嚷乱叫說

誰放了小柳兒走了柳湘蓮聽了火星乱迸恨不得一拳打死復思酒後揮拳又碍着賴尚榮的臉面只得忍了又思薛蟠忽見他走上來如得了真寶忙趔趄着上來一把拉住笑道我的兄弟你往那里去了湘蓮道走走就来薛蟠笑道你一去都没興了好歹坐一坐就疼我了憑你有什麼要緊的事交給哥你只别忙你有這個哥你

要陞官發財都容易湘蓮見他如此心中又恨又愧早生一計拉他到避人之處咲道你真心合我好假心和我好呢薛蟠聽見這話喜得心癢難撾乜斜著眼忙咲道好兄弟你怎麽問起我這話來我要是假心立刻死在眼前湘蓮道既如此這里不便等坐一坐我先走你隨后出來跟到我下處偺們替另喝一夜酒我那里還有兩

個絶好的孩子從沒出門去你可連一個跟的人也不用帶到了那里伏侍人都是現成的薛蟠聽如此說喜的酒也醒了一半說果然如此湘蓮笑道如何人拏真心待你你倒不信了薛蟠忙笑道我又不是獃子怎麽有个不信的呢既如此我又不認得你先走了我在那裡找你湘蓮道我這下處在北門外頭你可捨得家城外住一

夜去薛蟠唉道看了你我還要家作什麼湘蓮道既如此我在北門外頭橋上等你偺們席上且吃酒去你看我走了之後你再走他們就不留心了薛蟠聽了連忙答應于是二人復又入席飲了一回那薛蟠難熬只拿眼看湘蓮心內越想越樂左一壺右一壺並不用人讓自己便吃了又吃不覺酒有八九分了湘蓮便起身出來瞅

人不防去了至门命小厮杏奴先家去羅我到城外就来說畢已跨馬直出北门橋上等候薛蟠沒頓飯時工夫只見薛蟠騎著一匹大馬遠遠的赶了来張着嘴瞪着眼頭似撥浪鼓一般不住左右乱瞧及至從湘蓮馬前過去只顧往遠處瞧不曾留心近處又趕過去了湘蓮又咲又是恨便也撒馬隨後跟来薛蟠往前看時漸漸人

焆稀少便又圈馬回来再找不想一回頭見了湘蓮如獲奇珍忙咲道我說你是个再不失信的湘蓮咲道快往前走仔細人看見跟了来就不便了說着先就撤馬前去薛蟠也就緊〻跟来湘蓮見前面人迹已稀且有一帶葦塘便下馬將馬拴在樹上向薛蟠咲道你下来偺們先說個誓日後要變了心告訴人去的便應誓薛蟠咲

道這話有理連忙下了馬拴在樹上便跪
下説道我要日久变心告訴人去的天誅
地滅一語未了只聽噎的一聲頭後好似
鐵鎚砸下来只覺得一陣黑滿眼金星亂
迸身不由已便倒下了湘蓮走上来瞧瞧
知道他是个慣貴家不慣捱打只使了三分
氣力向他臉上拍了幾下登時便開了菓
子鋪薛蟠先還要掙挫起来又被湘蓮甲

脚尖點了兩點仍舊跌倒口內說道原是兩家情願你不依只好說為什麽哄出我來打我一面說一面亂罵湘蓮道我把你這瞎眼的你認〻柳大爺是誰你不說哀求你還傷我〻打死你也無益只給你個利害罷說着便取了馬鞭過來從背至脛打了三四十下薛蟠酒早已醒了大半覺得疼痛難禁不禁有哎喲之聲湘蓮冷笑道

也只如此我只當作是(事)不怕打的一面說
一面又把薛蟠的左腿拉起來朝葦中濘
泥處拉了幾步滚的滿身泥水又問道可
認得我了薛蟠不應只伏着哼〻湘蓮又
擲下鞭子用拳頭向他身上擂了幾下薛
蟠便乱滚乱叫說(道)肋條折了我知你是正
經人因為我錯聽了傍人的話了湘蓮道
不用拉傍人你只說現在的薛蟠道現在

也没什庅説的不過是個正經人我認錯了湘蓮道還要説軟些纔饒你薛蟠哼〻着好兄弟湘蓮便又一拳薛蟠哎喲一聲道好哥〻湘蓮又連兩拳薛蟠忙哎喲道好老爺饒了我這没眼睛的瞎子罷從今已後我敬你怕你了湘蓮道你把那水喝兩口薛蟠一面聽了一面皺眉道水臟的狠怎庅喝的下去湘蓮舉拳就打薛蟠忙道

我唱〻說著只得俯頭向葦根下唱了一口猶未嚥下去只聽哇的一聲把方纔吃的東西都吐了出來湘蓮道好臟東西你快吃盡了饒你薛蟠聽了叩頭不迭說好歹積陰功饒我罷這是至死不能吃的湘蓮道這樣氣息倒熏壞了我說著丟下薛蟠便牽馬認鐙去了這裡薛蟠見他已去心內方放下又后悔自己不該誤認了人

待要挣挫起来無奈遍体疼痛難禁誰知賈珍等席上忽不見了他兩個各處尋找不見有人说恍惚出北门去了薛蟠的小厮们素日是惧他的他吩咐了不許跟去誰還敢找去後来還是賈珍不放心命賈蓉帶着小厮们尋踪问跡的直找出北门下轎橋一里多路忽見葦坑傍邊薛蟠的馬拴在那里衆人都道可好了有馬必有人

一齊來至馬前只聽鞾中有人呻吟大家
走來一看只見薛蟠的衣衫零碎面目腫
破沒頭沒臉遍身內外滚的似个泥猪一
般賈蓉心內已猜着幾分了忙下馬命人
攙了起來咲道薛大叔天天調情今日調
到葦子坑里來了必定是龍王爺也愛上
你風流要你招作駙馬去你就礴到龍犄角
上薛蟠羞的恨沒地縫兒鑽不進去那里

爬的上馬去賈蓉只得命人赶到衚衕里僱一乘小轎子薛蟠坐了一齊進城賈蓉還要抬往賴家去赴席薛蟠百般央告又令他不用告訴人賈蓉方依允了讓他各自回家賈蓉仍往賴家回復賈珍並方纔的形景賈珍也知被湘蓮所打也笑道他須得吃個虧纔好至晚散了便來問候薛蟠自在卧房將養推病不見賈母等回來

各自歸家时薛姨媽与寶釵見香菱哭的眼睛腫了問起原故忙赶来瞧薛蟠時臉上身上雖有傷痕並未傷筋動骨薛姨媽又是心疼又是發恨罵一回薛蟠又罵一回柳湘蓮意欲告訴王夫人遣人尋拿柳湘蓮寶釵忙勸道這不是什麼大事不過他們一處吃酒〻後反臉常情誰醉了多挨幾下子打也是有的况且咱們家的無

法無天的人所共知媽不過是心疼的原故要出氣也容易等三五天哥々養好了出门去時那邊珍大爺璉二爺這干人也未必白丟開了自然備个東道叫了那個人來當着眾人替哥々陪不是認罪就是了如今媽先當件大事告訴眾人倒顯的媽偏心溺愛縱容他生事招人非今兒偶然吃了一次虧媽就這樣興師動眾倚着親

戚之勢欺壓常人薛姨媽聽了道我的兒到底是你想的到我一時氣糊塗了寶釵笑道這纔好呢他又不怕媽又不聽人勸一天縱似一天吃過兩三個虧他到罷了薛蟠睡在炕上痛駡湘蓮又命小廝去拆他的房子打死他和他打官司薛姨媽禁住小廝只説柳湘蓮一時酒後放肆如今酒醒後悔不及懼怕逃走了薛蟠聽見如

回

此說了要知端的且聽下回分解

氣方漸平

石頭記第四十八回

濫情人情誤思游藝
慕雅女雅集苦吟詩

話說薛蟠聽見如此說了氣方漸平三五日後疼痛雖愈傷痕未平只粧病在家愧見親友展眼又到十月因有各鋪面夥計内有算年賬要回家的少不得家内治酒餞行内有一個張德輝年邁自幼在薛蟠當

鋪內攬總家內也有了二三千金的過話
今歲也要回家明春方來曰說起今年依慽
劄香料短少明年必是貴的明年先打發
大小児上來當鋪照管趕端陽前我順路
販些紙劄香料扇來賣除去關稅花消〻
可以剩得幾倍利息薛蟠聽了心下忖奪
如今我捱了打正難見人想着要躲了一
年半載又沒處去躲天〻粧病也不是事

況且我長了這庅大文不文武不武雖說作買賣究竟我于筭盤從沒拿過地土風俗遠近道路亦不知道不如我打点幾個本錢和張德輝逛一年来賺錢也罷不賺錢也罷且躲躲羞去二則逛逛山水也是好的心内主意已定至酒席散後便和張德輝說知命他等一二日一同前往晚間薛蟠告訴他母親薛姨媽聽了雖是歡喜但

又恐他在外生事花了本錢到是末事因
此不命他去只說好歹你守着我〻還能
放心些況且也不用做買賣等不著這幾
百銀子來用你在家里安分守已的就強似
這幾百銀子了薛蟠主意定了那里肯依
只說天〻又說我不識世事這個也不知
那個也不學如今我發恨把些沒要緊的都
斷了如今要成人立事學習買賣又不准

我了呌我怎庅樣呢我又不是個丫頭把我擱在家裡何日是個了日況且那張德輝又是個年高有德的咱們和他是世交我同他去怎庅淂錯我就有一時半刻不好的去處他自然說我勸我就是東西貴賤行情他是知道的自然色色問他何等順利倒不呌我去過兩日我不告訴家里私自打点了一走明年發了財回來纔知

道我呢說畢賭氣睡覺去了薛姨媽聽他如此說因和寶釵商議寶釵咲道哥〻果然要經歷正事正是好的了只是他在家里說着好聽到了外頭舊病復發越發難拘束他了但也愁不得許多他若是真改了是他一生的福若不改媽也不能又有別的法子一半盡人力一半聽天命罷了這麽大人了若只管怕他不知世路出不得

门幹不得事今年關在家裡明年还是這個樣兒他既說的名正言順媽就打量着丢了八百一千銀子竟交与他試一試横竪有夥計們幫着也未必好意思哄他的二則他出去了左右沒助興的人又沒有倚仗的人到了外頭誰（怕也不得）有了的吃沒了的餓着舉眼無靠他見了這樣只怕比在家裡省了事也未可知薛姨媽聽了思忖半

晌倒是你說的是花兩個錢叫他學些乖
来也好商議已定　一宿無話至次日薛姨媽
命人請了張德輝来在書房中命薛蟠款
待酒飯自己在後廊下　隔着窗子向里千
言萬語囑托張德輝照管薛蟠張德輝滿
口應承吃過飯告辭又回說十四日是上
好出行日期大世兄即刻打点行李僱下
騾子十四日　一早就長行了薛蟠喜之不

盡將此話告訴薛姨媽薛姨媽便和寶釵香菱並兩了个老年嫗〻連日打點行裝派下薛蟠之乳父老蒼頭一名當年諳練舊僕二名外有薛蟠隨身常使小厮二名主僕一共六人僱了三輛大車单拉行李使物又僱四個長行騾子薛蟠自騎一匹家內養的鐵青大走騾外備一匹坐馬諸事完畢薛姨媽寶釵等連夜勸戒之言自不必

備說至十三日薛蟠先去辭了他母親然
後過来辭了賈宅諸人賈珍等未免又有
餞行之說也不必細述至十四日一早薛
姨媽寶釵等直同薛蟠出了儀门母女兩
個四隻眼看他去了方回来薛姨媽上京
帶来的家人不過四五房並兩三個老嬷々
小了頭今跟了薛蟠一去外面只剩了一
兩個男子因此薛姨媽即日到書房將一

庶陳设玩器並簾幔等物盡行搬了進来收貯命兩個跟男子之妻一併也進来睡覺又命香菱將他屋里也收拾嚴緊將门鎖了晚間和我去睡寶釵道媽既有這些人作伴不如叫菱姐〻和我作伴去我们園里又空夜長了每夜作活越多一個人豈不越便將薛姨媽咲道正是我也忘了原該叫他同你去纔是我前日還同你哥〻説

文杏又小到三不著兩的鶯兒一個人不彀伏侍的還要買一個了頭来你使寶釵道買的不知底裡倘或走了眼花了錢事小没的淘氣倒是漫々打聽着有知道来歷的買個還罷了一面說一面命香菱收拾了衾褥粧奩命一個老嬷々並臻兒送至蘅蕪苑去然後寶釵和香菱咲向寶釵道我原要和奶々說的等大爺去了我和

姑娘作伴去又恐怕奶〻多心說我貪着
園裡來頑誰知你竟說了寶釵咲道我知
道你心裡羨慕這園子不是一日兩日的
了只是没個空兒就每日來一淌慌〻張〻
的也没趣兒所以趁着机會索性住上一
年我也多個作伴的你也遂了心香菱咲
道好姑娘趁着這個工夫你交給我作詩
罷寶釵咲道我說你得隴望蜀呢我勸你

今兒頭一日進來先出園東角门從老太〻
起各處各人你都瞧〻問候一聲兒也不
必特意告訴他们搬進園來若有提起因
由你只帶口說我帶了進來作伴就完了
回來進了園再到各姑娘房里走〻香菱
應着幾要走時只見平兒忙〻的走來香
菱忙問了好平兒只得陪笑相問寶釵因
向平兒笑道我今兒把他帶了來作伴兒

正要去回你奶〻 一聲兒平兒咲道姑娘
說的是那裡話我竟沒話答言了寶釵道
這纔是正理店房有個主人廟里有個住
持雖不是大事到底告訴一聲便是園裡
坐更上夜的人知道添了他兩個也好關
门候戶的了你回去就告訴一聲罷我不
打發人說去了平兒答應著因又向香菱
道你既來了也不拜一拜街坊鄰舍去寶

釵哭道我正叫他去呢（平兒道）且不必往我們家
去二爺病了在家裡呢香菱答應著去了
先繼（往）賈母處不（去了）在話下且說平兒見香菱
去了便拉寶釵說道姑娘可聽見我們的
新文了（麼）寶釵道我沒聽見新文連（日）打發
我哥哥出（外）所以你們這裡的事一概也不
知道連姊妹們這兩日也沒見平兒哭道
老爺把二爺打了個動不得難道姑姑（娘）就

無（没）聽見寶釵道早起恍惚聽見了一句也信不真我也正要瞧你奶奶去呢不想你来了又是為了什麼事打他平兒咬牙罵道都是那賈雨村什麼風村（雨村的）半路途中那裡来的[redacted]餓不死的野雜種認了不到十年生了多少事出来今年春天老爺不知在那裡地方見了幾把舊扇子回家里看家里所有收着這些好扇子都不中用

了立刻叫人各處搜求誰知就有個不知死的冤家混號兒世人叫他作石獃子窮的連飯也沒的吃偏他家就有二十把舊扇子死也不肯拿出大门来二爺好容易煩了多少情見了這個人說之再三他把二爺請了到他家坐裡著拿出這扇子來略瞧了一瞧據二爺說原是不能再得的全是湘妃棕竹麋鹿玉竹的皆是古人寫

画真跡回来告訴了老爺便叫買他的要多少銀子給他多少偏那石數子説我餓死凍死一千銀子一把我也不賣老爺没法子天〻罵二爺没能為已经許他五百銀子先兑銀子後拿扇子罷只是不賣只説要扇子先要我的命姑娘想〻這有什麽法子誰知那雨村没天理的聽見了便説了法子訛他拖個官銀子拿了他到衙

门里去说所欠官银变賣家産賠補把這
扇子抄了作了官價送了來那石獃子如
今不知是死是活老爺問著二爺說人家
怎麽弄了來了二爺只說了一句為這点
子小事弄的人家坑家敗産也不筭什麽
能為老爺聽了就生了氣說二爺拿話堵
老爺因此這是第一件大的這幾日還有
幾件小的我也記不清所以都湊在一處

就打起來了也沒拉倒用板子棍子就站著不知會什庅混打了一頓腿上打破了兩處我們聽見姨太〻這里有一種丸藥上棒瘡的姑娘快尋一丸子給我寶釵聽了忙命鶯兒去要了一丸來與平兒寶釵道既這樣替我問候罷我就不去了平兒答應著去了不在話下且說香菱見過眾人之後吃過晚飯寶釵等都往賈母處去了

自已便往瀟湘館中来此時黛玉已好了大半見香菱也進園来住自是歡喜香菱因咲道我這一進来了也得了空兒好歹交(教導)給我作詩就是我的造化了黛玉咲道既要學作詩你就拜我為師我雖不通大略也還教的起你香菱咲道果然這樣我就拜你作師你可不許膩煩的黛玉道什麼事也值得去學不過是起承轉合當中

承轉是兩付對子平聲的對仄聲虛的對實的實的對虛的若是果有奇句連平仄虛實不對都使得的香菱笑道怪道我常弄本舊詩偷空兒看一兩首又有對的極工的又有不對的又听見說一三五不論二四六分明看古人的詩上亦有順的亦有二四六上錯了的所以天天疑惑如今聽你一說原來這些格調規矩竟是末事

只要詞句新奇為上　黛玉道　正是這個道理詞句究竟還是末事第一是立意要緊若意趣真了連詞句不用修飾自是好的這叫作不以詞害意　香菱笑道我只愛陸放翁的詩

重簾不捲留香久　古硯微凹聚墨多

說的真切有趣　黛玉道斷不可看這樣的詩你們[晴]因不知詩所以見了這淺近的就

愛毋學了這個格局再學不出來的你只
聽我說你若真心要學我這裡有王摩詰
全集你且把他的五言律一百首細心揣
摩透熟了然後再讀一二百首老杜的七
言律次之再李青蓮的七言絕句讀一二
百首肚子裡先有了這三個人作了底然
後再把陶淵明應瑒謝阮庾鮑等人的一
看你又是這樣一個極聰敏伶俐的人不

用一年的工夫不愁不是詩翁了香菱听了咲道既這様好姑娘你就把這書給我拿出来我帶回去夜里念幾首也是好的黛玉聽說便命紫鵑將王右丞的五言律拿来遞与香菱又道你只看有紅圈的都是我選的有一首念一首不明白的向你姑娘或者遇見我我講与你就是了香菱拿了詩回至蘅蕪院中諸事不顧只是燈下一首

一首的讀起来寶釵連催他数次睡覺他
也不睡寶釵見他這般苦心只得隨他去
了一日黛玉方梳洗完了只見香菱咲吟吟
的送了書来又要換杜律黛玉咲道共記
得多少首香菱咲道凡紅圈選的我盡讀
了黛玉道可領略些滋味沒有香菱咲道
我倒領略些滋味不知可是不是説与你
听黛玉道正要講究討論方能長進你且説

来我聽香菱咲道據我看来詩的好處有
口說不出来的意思想去卻是必真的有
似乎無理的想去竟是有理有情的黛玉
咲道這話有了些意思但不知你從何處
見得香菱咲道我看他塞上一首內一聯
云
大漠孤烟直　長河落日圓
想来烟如何直日自然是圓的這直字似

無理圓字似太俗合上書一想倒像似見了這景的若說再找兩個字換兩個恙再找不出兩個字来再還看

日落江湖白　潮来天地青

這白青兩個字也似無理想来必湏這兩個字纔形容的盡念在嘴里到像有個千觔重的一個擻攬還看

渡頭餘落日　墟里上孤烟

這餘字和上字雖為他怎麽想来我們那年上京来那日下晚便灣住船岸上又没有人只有數棵樹遠遠的幾家人家作晚飯那個烟竟是碧青連雲直上誰知我昨日晚上看了這兩句倒像我又到了那個地方去了正說着寶釵〔玉〕和探春也来了也都入座聽他講詩寶玉笑道既是這樣也不用看詩會心處不用多聽你說了這兩

句可知三昧你已得了黛玉咲道你既說他這上孤烟好你還不知他這一句還是套了前人的來我給你這一句瞧瞧更比這個淡而現成說著便把陶淵明的

　　曖曖遠人村　依依墟里烟

翻了出來遞與香菱香菱瞧了點頭嘆賞咲道原來上字是從依依兩個字上化出來的寶玉大咲道你已得了不用再講越

菱到學灘了你就作起来必是好的探春咲道明兒我補一個柬来請你入社香菱咲道姑娘何苦打趣我〻不過是心裡羨慕纔學這個頑罷了探春黛玉都咲道誰不是頑意難道我們是認真作詩呢若說我們認真成了詩出了園子把人的牙還咲倒了呢寶玉道這也算自暴自棄了前日我在外頭和相公們商議畫兒他們聽

見咱們起詩社求我稿子給他們瞧〻我
就寫了幾首給他們看〻誰不是真心嘆
服他們都抄了刻去了探春黛玉忙問道
這是真話麽寶玉咲道說謊的是那架上
鸚哥黛玉探春听後都道你真〻胡鬧且
別說那不成詩便是成詩我們的筆墨也
不該到外頭去寶玉道這怕什麽古來閨
閣中筆墨不要傳出去如今也沒人知道

了說着只見惜春打發了人来請寶玉寶玉方去了香菱又逼着換出杜律又央黛玉探春二人出個題目讓我謅去謅了来替我改正黛玉道昨夜的月最好我正要謅一首未謅成你就作一首来十四寒的韵由你愛用那幾個字去香菱聽了喜的拿着回来又々苦思一回作兩句詩又捨不得杜詩又讀兩首如此茶飯無心坐卧

不定寶釵道何苦自尋煩惱都是顰兒引的你我和他筭賬去你本来獃頭獃腦的再添上這個越發弄成個獃子了香菱咲道好姑娘别混我一面作了一首先与寶釵看寶釵看了咲道這個不好不是這個作法你别怕臊只管拿了給他瞧去看他是怎麼説香菱聽了便拿了詩找黛玉〻〻看詩只見寫道是

月挂中天夜色寒清光皎々影團々詩人
助興常思玩野客添愁不忍觀翡翠樓邊
懸玉鏡珍珠簾外挂冰盤良宵何用燒銀
燭精彩輝煌暎畫欄
黛玉笑道意思却有只是措詞不雅皆因
你看詩少被他縛住了把這首丟開再作
一首只管放開胆子去作香菱听了默々
的回来索性連房也不入只在池邊樹下

或坐山石上出神或蹲在地下摳地来往
的人都咤異李紈寶釵探春寶玉等聽得
此信都遠遠的站在山坡上瞧著他只
見皺眉一回又自己含咲一回寶釵咲道
這個人定是瘋了昨夜嘟嘟噥噥直鬧到
五更天後睡下沒一頓飯的工夫天就亮
了我就聽見他起来了忙忙碌碌梳了頭
就找顰兒去一回来了獃了一日作了一

首又不好自然這會子另作呢寶玉咲道
這正是地靈人傑老天生人再不賦情性
的我們成日嘆說可惜他這香菱怎麼人
竟俗了誰知到底有今日可見天地至公
寶釵聽了咲道你能勾像他這苦心就好了
學什麼有個不成的寶玉不荅只見香菱
興頭頭的又往黛玉那邊來了探春咲道
咱們跟了他去看有些意思沒有說着一

齊都往瀟湘館來只見黛玉正拿著詩和
他講究衆人曰向作（僅坐）的如何黛玉道自然
算難為他了只是不好這一首過於穿鑿
了還得另作衆人曰要詩看時只見作的
是
非銀非水映窗寒試看晴空護玉盤淡淡
梅花香欲染絲絲柳帶露初乾只疑殘粉
塗金砌恍若輕霜抹玉欄夢醒西樓人跡

絶客餘猶可隔簾看

寶釵笑道不像月了月字底下添一個色字到還使得你看句句到是月色這也罷了原是詩從胡說了起再遲幾天就好了香菱自為這首妙絶聽如此說自己又掃了興不肯丟開手便要思索起來因見他姊妹們說笑便自己走至堦下竹前閒步挖心搜胆耳不傍聽目不別視一時探春隔窗

咲說菱姑娘你閒〻罷香菱怔〻荅道閒
字是十五刪的錯了韵了衆人聽了不覺
大咲起來寶釵道可真是詩魔了都是顰兒
引的他黛玉咲道聖人說誨人不倦他又
來問我〻豈有不說的理李紈咲道咱們
拉了他往姑娘房里去引他瞧〻画兒叫
他醒一醒纔好說著真個出來拉了他過
藕香榭至暖香塢中惜春正乏倦在床上

歪著睡午覺畫絹立在壁間用紗罩著衆
人喚醒了揭紗看時十停方有了三
停香菱見畫上有幾個美人因指著笑道
這一個是我們姑娘那一個是林姑娘探
春笑道凡會作詩的都畫在上頭你快學
罷說著頑笑了一回各自散後香菱滿心
中還是想詩至晚間對灯出了一回神至
三更以後上床卧下兩眼鰥鰥直到五更

方後朦朧睡著了一時天亮寶釵醒了聽了一聽他安穩睡了心下想他翻複騰了一夜不知可作成了這今兒乏了且別吽他正想著只見香菱從夢中咲道可是有了難道這一首還不好寶釵聽了又是可嘆又是可咲連忙喚醒了他問他得了什庅你這誠心都通仙了學不成詩還弄出病来呢一面說一面梳洗了會同姊妹往賈母

寡来原来香菱苦志學詩精血成聚日间
不能作出忽於夢中得了八句梳洗已罷
便忙録出来到沁芳亭只見李紈与衆姊
妹方從王夫人處回来寶釵正告訴他们
説他夢中作詩説夢話衆人正咲抬頭見
他来了便都争着要詩看要知端的下回
回言
分解

石頭記第四十九回

琉璃世界白雪紅梅
脂粉香娃割腥啖膻

話説寶釵命香菱拿了詩來至瀟湘館中見衆人正説咲他香菱便上來咲道你們看這一首詩若使得我便還學若還不好我就死了這作詩的心了説着把詩遞与黛玉及衆人看時只見寫道是

精華欲掩料應難　影自娟娟魄自寒
一片砧敲千里白　半輪雞唱五更殘
綠蓑江上秋聞笛　紅袖樓頭夜倚欄
博得嫦娥應借問　何緣不使永團圓
衆人看了笑道這首不但好而且新巧有
意趣可知你是用功世上無難事只怕有
心人社裡一定請了你香菱聽了心下不
信料著他們是哄自己話還只管問黛玉

寶釵等正說之間只見幾個小丫嬛並幾個老婆子忙忙的走來都笑道來了好些姑娘們奶奶們我們都不認得奶奶姑娘們快認親去李紈笑道這是那裡的話你到底說明白了是誰的親戚那婆子丫嬛都笑道奶奶的兩位妹子都來了還有一位姑娘說是薛大姑娘的妹妹還有一位爺是薛大爺的兄弟我我這會子請姨太太

去呢奶〻和姑娘們先上去罷說着一逕去了寶釵笑道我們薛蝌和他妹〻不成李紈也咲道我們嬸〻又上京來了不成他們也不能湊在一處這可是奇事大家納悶來至王夫人上房只見烏壓〻一地的人原来邢夫人〻兄嫂帶了女兒岫烟進京来投邢夫人的可巧鳳姐〻兄王仁也進京來兩親家一處打帮来走至半路泊船時正遇見李紈之寡嬸帶着兩個女兒大名李紋

次名李綺也上京大家敘起来又是親戚因此三家一路同行後有薛蟠之從弟薛蝌因當年父親在京時已將胞妹薛寶琴許配都中梅翰林之子為婚正欲進京聘嫁聞得王仁進京他也隨後帶了妹妹趕来所以今日會齊来訪投各人親戚於是大家見禮敘過賈母王夫人都歡喜非常賈母因笑道怪道昨日晚上燈花爆了又爆結了又結原来應到今日一面敘些家常

一面收看帶来禮物一面留酒飯鳳姐兒自不必說忙上加忙李紈寶釵自然和嬸母姐妹叙離别之情黛玉見了先是歡喜次後想起衆人皆有親眷獨自己孤单沒个親眷不免又去垂泪寶玉深知其情十分勸慰了一番方罷然後寶玉来至怡紅院中向襲人麝月晴雯等笑道你们還不快看人去誰知寶姐〻的親哥〻是那个樣子他這叔伯兄弟形容舉止另是一樣了倒似寶姐〻同胞

一様似的更奇在你們成日家只説寳姐ゝ是絶色的人物你們如今瞧ゝ他這妹子我竟形容不出来了老天ゝゝ你有多少精華靈秀生出這些人上之人来可知我井底之蛙成日只說現在的這幾个人是有一無二的誰知不必遠尋就是本地風光一个賽似一个如今我又長了一層學問了除了這幾个難道還有幾个不成一面說一面自笑自嘆襲人見他有了些ゝ魔意便不自去瞧晴雯瞧了一遍回来

款款笑向襲人說道你快去瞧瞧去大太太一个侄女兒寶姑娘一个妹妹大奶奶兩个妹妹倒像一把子四根水葱兒一語未了只見探春也笑著進來了找寶玉因說咱們的詩社可興旺了寶玉笑道正是呢這是你一高興起詩社所以鬼使神差來了這些人但只一件不知他們可學過作詩不曾探春道我才問了他們雖是他們自謙看光景沒有不會的便是不會也沒難處你看香菱就知道了襲人笑道說薛

大姑娘的妹〻更好三姑娘看著怎麽樣了探春道果
然的話據我看連他姐〻並這些人揔不及他衆人聽了
又是咤異又咲道這也奇了還從那裡再瞧好的去我
真要瞧〻去探春道老太〻一見了喜歡的無可不
可的已竟逼著太〻認了干女兒了老太〻要養活
才剛已経要了寶玉喜的忙問這果然的探春道
我幾时說過謊又說道有這个好孫女兒就忘了你
這孫子了寶玉笑道這也不妨原該多疼女兒些才

是正理明兒十六咱們該起社了探春道林丫頭
剛起來了二姐〻又病了才是七上八下的寶玉道二
姐〻又不大作詩沒有他又何妨探春道索性等幾
天等他們新來的混熟了咱們邀上他們豈不好這
會子大嫂子寶姐〻自然心裡沒有詩興的况且
湘雲沒來顰兒才好了人〻不合式不如等著雲丫
頭來了這幾個新的也熟了顰兒也大好了大嫂
子合寶姐〻心也閒了香菱詩也長進了如今邀一滿

社豈不好偺們兩個且去往老太〻那裡去聽〻除寶
姐〻的妹〻不算他一定是在偺們家住定了的倘或
那三个要不在偺們這裡住咱們央告著老太〻留下
他〻們也在園子裡住下咱們豈不多添幾个人越發
有趣了寶玉聽了喜得眉開眼笑忙說道到是你明
白我終久是个糊塗心腸空喜歡一會子都想不到這
上頭說著兄妹兩个一齊往賈母處來薛蝌薛寶
琴給王夫人作干女兒賈母歡喜非常連園中也不

命住晚上跟著賈母一處安歇薛蝌自向薛蟠房
中住下賈母便合邢夫人說你侄女兒也不必家去了
園里住几天再去邢夫人兄嫂家中原很艱難這一上京
原仗的是邢夫人与他治[置]房舍幫助今聽如此說豈
不願意邢夫人便將邢岫烟交与了鳳姐〻〻籌筭
得園中姐妹多性情不一且又不便另設一處莫若送
到迎春一處去倘日後邢岫烟有些不遂意的事縱
然邢夫人知道了与自己無干從此後邢岫烟除家

去的日期不算若在大觀園住上一個月鳳姐只照迎
春分例送一分与岫烟鳳姐冷眼敁敠岫烟心腸肝為
竟不像邢夫人与他的父母一樣却似極穩重可疼的
人因此鳳姐反憐他家貧苦比別的姐妹多疼他些
邢夫人到不大理論了賈母王夫人等因素喜李紈
賢惠且輕年守節令人敬服今見他寡嬸來了便
不肯令他外頭去住那李嬸雖十分不肯無奈賈母
執意不從只得帶着李紋李綺在稻香村住下了

當下安插既定誰知保齡侯史鼎又遷委了外任大員不日要帶了家眷去上任賈母因捨不得湘雲便留下他了接到家中原要命鳳姐另設一處与他住湘雲執意不肯只要和寶釵一處住因此也就罷了此時大觀園中比先熱鬧了多少李紈為首餘者迎春探春惜春寶釵黛玉湘雲李紋李綺寶琴邢岫烟再添上鳳姐兒和寶玉一共十二三個敘起年庚除李紈年紀最長他十二个人皆不過十六七歲或有

這三個同年或有那五個共歲或有這兩个同月同日或有那兩个同时同刻所差者是天年時刻月分而已連他自己也不能記請誰長誰幼一併賈母王夫人及家中丫嬛也不能細細分晰不過是姐妹兄弟四个字隨便乱叫如今看香菱正滿心滿意只想作詩又不敢十分囉唕寶釵可巧來了一个史湘雲那史湘雲又是極愛說話的那裡禁得起香菱又請教他談詩越發高了興沒晝沒夜高談闊論寶釵因咲道我

實在的聒噪的受不得了一个女孩家只管拿着詩作正緊事講起来叫有學问的人聽了反笑话不守本分的一个香菱爱學詩偏又添了你這話口袋子滿嘴裡說的是什麽怎麽是杜工部之沉欝韋蘇州之雅淡又怎麽是溫八义之綺靡李義山之隱僻放着現成的两个詩家不知道提那些死人作什麽湘雲听了忙笑问道現在是那两个好姐々你告訴我寶釵笑道獃香菱之心苦々瘋湘雲之話多湘雲香菱二人听

了都咲起来正説着只見寶琴来了披了一領斗篷金翠輝煌不知何物寶釵忙問這是那里的寶琴笑道因下雪珠兒老太〻找了這件給我的湘雲上来瞧道怪道這庅好看原来是孔雀毛織的寶釵笑道那里是孔雀毛就是野鴨子頭上的毛作的可見老太〻疼你了這樣疼寶玉也没給他穿寶釵道真俗語説各人有緣法我也再想不到他這會子来既来了又有老太〻這庅疼他湘雲道你除了

在老太〻跟前就往園子裡来這兩處只管頑笑吃
喝到了太〻屋裡若太〻在屋裡只管和太〻說笑多
坐一會無妨若太〻不在屋裡你別進去那裡人多心壞
都是要害偺們的說的寶釵寶琴鶯兒等都笑了寶
釵笑道說你沒心却又有心雖有心到底嘴太直了我
們這琴兒就有些像天〻說認我作親姐〻我今兒竟
呌你認他作親妹〻罷湘雲又聽了寶琴半日笑道
這一件衣裳也只配他穿別人穿了實在不配正說著

只見琥珀走來笑道老太〻說了叫寶姑娘別管緊了琴姑娘他還小呢讓他愛怎麽樣就怎麽樣要什麽東西只管要去別多心寶釵忙起身答應了又推寶琴笑道你也不知是那里來的這段福氣你到去罷仔細我們委曲著你我就不信我那些兒不如你說話之間寶玉黛玉都進來了寶釵猶自嘲笑湘雲道寶姐〻你這話雖是頑說却有人真心是這樣想呢琥珀笑道真心惱的再沒別人就只是他口裡說手

指著寶玉寶釵湘雲都笑道他到不是這樣人琥珀又笑道不是他就是他說著又指黛玉湘雲便不則聲寶釵忙笑道更不是了我的妹妹和他的妹妹一樣他喜歡的比我還利害那里還惱你信雲兒說謊他的那嘴有什麽實據寶玉素習深知黛玉有些小性兒且尚不知近日寶釵合黛玉之事正恐賈母疼寶琴他心中不自在今見湘雲如此說了寶釵又如此答再審度黛玉聲色亦不似往日竟與寶釵

之語相符心中悶〻不解因想他兩个素日不是這様的如今看来更比他人好似十倍又見林黛玉赶著寶琴叫妹〻並不提名道姓真是親妹〻一般那寶琴年輕心熱且本性聰敏自幼讀書識字今在賈府住了兩日大概人物已知又見諸姐妹都不是那輕薄脂粉且又和姐〻們都和契故也不肯怠慢其中又見林黛玉是个出類拔萃的便更与黛玉親敬異常寶玉看著只見暗〻的納悶一时寶釵姐妹往薛姨媽房

内去後湘雲往賈母處來林黛玉回房歇息寶玉便找了黛玉來笑道我雖看了西廂記也曾有明白的几回說了取笑你還惱這如今想來竟有一句不解我念出來你講〻我聽〻黛玉聽了便知有文章因笑道你念出來我聽〻寶玉笑道那鬧簡上有一句說的最好是幾時孟光接了梁鴻案這句最妙孟光接了梁梁鴻案這七个字不過是現成的典雖為他這是幾时三个字问的有趣是幾时接了你說〻我聽〻黛玉

聽了也禁不住笑起来因笑道這原問的好寶玉道
先時只疑我如今你也沒得說我反落了单黛玉道
誰知他竟真是好人我素日只當他藏奸因把說錯了
酒令起連送燕窩病中所談之事細細告訴寶玉寶玉
方知緣故因笑道我說呢正納悶是幾時孟光接了
梁鴻案原来是從小兒家口沒遮攔上就接了案了
黛玉因又說起寶琴来想起自己沒有姊妹不免又
哭了寶玉又忙勸道這又自尋煩惱了你瞧瞧今年

比舊年越發瘦了你還不保養每天好〻的你必是自尋煩惱哭一會子才算完了這一天的事黛玉合泪道近来我只覺心酸眼淚卻像比舊年少了些的心裡只管酸痛眼泪卻不多寶玉道這是你哭慣了心裡疑惑的豈有眼泪會少的正說着只見他屋裡的小了頭子送了猩〻毡斗蓬来又說大奶〻才打發人来說下了雪要商議明日請人作詩呢一語未了只見李紈的了頭走来請黛玉寶玉便隨着黛玉同

往稻香村来黛玉换上掐金挖雲红香羊皮小靴罩了一件大红羽纱面白狐皮裡鶴氅束一條青金閃緞雙環四合如意八寶堆成了雪帽二人一齊踏雪行来只見衆姐妹都在那裡都是一色大红猩〻毡与羽毛緞的斗蓬獨李紈穿一件青哆囉尼對襟褂子薛寶釵穿一件蓮青斗紋錦上添花洋線番羓絲的鶴氅邢岫烟仍是家常舊衣一时史湘雲来了穿著賈母与他的一件貂鼠腦袋面子大毛黑灰鼠裡

子裡外發燒大褂子頭上戴着一頂挖雲鵞黃片金
大紅猩〻氊昭君套又圍着大貂鼠風領黛玉先笑
道你們瞧孫行者來了他一般的也拿着雪褂子故
意裝出个小騷達子來湘雲笑道你們瞧我裡頭打
扮的一面說一面脫了褂子只見他裡頭穿着半新
的靠色三廂領袖秋香色盤金五色綉龍窄褙小袖
掩衿銀鼠短襖裡面短〻的一件水紅粧緞狐肷褶
子腰裡緊〻束着一條蝴蝶結子長穗五色宮縧脚

下也穿著鹿皮小靴越顯的蜂腰猿背鶴勢螂形近之
拳譜中有生馬勢便似螂之蹲立昔人愛輕捷便俏
暇取一螂觀其仰頸疊胸之勢今四字無出處卻寫
盡
矣衆人都笑道偏他只愛打扮成个小子的樣兒原
比他打扮女兒更俏麗了些湘雲笑道快商議作詩
我聽是誰的東家李紈道我的主意想來昨兒的正
日已過了再等正日又太遠可巧又下雪不如咱們
大家湊个社又給接風又可以作詩你們意思怎麽
樣寶玉先道這話很是只是今日晚了若到明兒晴

了又無趣衆人都道這雪未必晴縱晴了這一夜下
的也勾賞了李紈道我這裡雖好又不如芦雪廬好
我已竟打發人籠地炕去了咱們大家擁炉作詩老
太〻想来未必高興況且咱們小頑意兒單給鳳了
頭个信兒就是了你们每人一兩銀子就勾了送到
我這裡来指著香菱寶琴李紋李綺岫烟不算外咱
們裡頭二了頭不算四了頭告了假不算你们四分
送了来我包揔五六兩銀子也儘勾了寶釵等一齊

應諸因又擬題限韻李紈笑道我心裡自已定了等
到明日臨期橫竪知道說畢大家又閒話了一回方
往賈母處來本日無話到了次日一早寶玉因心裡
記掛著這事一夜沒好生得睡天亮了就爬起來掀
起帳子一看雖然門窗尚掩只見光輝奪目心裡早
已籌躇起來暴怨是晴了日光已出忙起來揭起窗
屉從玻璃窗內往外一看原來不是日光竟是一夜
的工夫雪下的將有一尺多厚天上仍是搓綿扯絮一般

一般寶玉此時歡喜非常忙喚人來盥洗漱已畢只穿一件茄色哆囉呢狐皮襖子罩一件海龍皮小鷹膀褂子束了腰披上玉金蓑戴了金藤笠登上沙棠屐忙忙的往蘆雪廬來出了院門四顧一望並無二色遠遠的是青松翠竹自己却如裝在玻璃盒內一般于是走至山坡之下順著山脚剛轉過去已聞得一股寒香拂鼻回頭一看却是妙玉門前櫳翠庵中有十數株紅梅如胭脂一般映着雪色分外顯得精

神好不有趣寶玉便住了脚細細的賞玩一回方欲走只見蜂腰板橋上一個人打着傘走来是李紈打發了請鳳姐的人寶玉来至芦雪廬只見丫鬟婆子正在那裡掃雪開逕原来這芦雪廬蓋在傍山臨水河灘之上一帶九間茅檐土壁槿籬竹牖推窗便可垂釣四面皆是芦葦掩覆一條去逕逶迤穿芦度葦過去便是藕香榭的竹橋衆丫鬟婆子見他披蓑戴笠而来都笑道我們才説正少一個漁翁如今果然

全了姑娘們吃了飯才來呢你也太性急了寶玉聽
了只得回來剛至沁芳亭見探春從秋爽齋出來圍
著大紅猩毡斗蓬戴著觀音兜扶著一個小丫嬛後
面一个媍人打著一把青䌷油傘寶玉知他往賈母
處去遂立在亭邊等他來到二人一同出園前去寶
琴正在裡間房內梳洗更衣衆姐妹來齊寶玉只嚷
餓了連連催飯好容易等擺上飯時頭一樣菜便是
牛乳蒸羊羔賈母便說這是我們有年紀的人的藥

沒見天日的東西可惜你們小孩們吃不得今兒另
外有新鮮鹿肉你們等着吃衆人答應了寶玉却等不
得只拿茶泡了一碗飯就著野雞爪齏忙忙的咽完
了賈母道我知道你們今兒又有事情連飯也不顧
吃了便叫留著鹿肉與他們晚上吃鳳姐忙說還有
呢方才罷了史湘雲便悄悄和寶玉計較道有新鹿
肉不如偺們要一塊自己拿了園裡弄著又頑又吃
寶玉聽了巴不得一聲兒便真合鳳姐要了一塊命

婆子送入園去 一時大家散後進園齊往蘆雪廣来

聽李紈出題限韻獨不見湘雲寶玉二人黛玉咲道

他兩個再到不了一處若到一處生出多少故事来這

會子一定算計那塊鹿去了 正說着只見李嬸也走

来看熱鬧因咲問李紈道怎麽一个帶玉的哥兒和那

一个掛金麒麟的姐兒那樣干淨清秀又不少吃

的他兩個在那里商議着要吃生肉呢說的有来有

去的我只不信肉也生吃得的衆人聽了都咲道了

不得快拿了他两個来黛玉咲道這可是雲丫頭鬧的我的卦再不錯李纨等忙出来看找着他两個説道你们两個要吃生的我送你们到老太太那裡去吃去那怕吃一隻生鹿撑病了不与我相干這麽大雪怪冷的替我作禍呢老婆子们拿了鉄炉鉄叉鉄丝纔来李纨道仔细割了手不许哭正说着凤姐打發平兒来回覆不能来為發放年例正忙湘雲見了平兒那裡肯放平兒也是個好顽的素日跟着凤姐

無所不至見如此有趣樂得頑笑因此褪去手上的鐲子三个人圍著火平兒便要燒三塊肉吃那邊寶釵黛玉平素看慣了不以為異寶琴等及李嬸深為罕異事探春與李紈等商議定了題探春道你聞香氣這里都聞見了我也吃去說著也找了他們來李紈也隨來說客已齊了你們還吃不勾湘雲一面吃一面說道我吃這個方愛吃酒吃了酒才有詩若不是這鹿肉今兒斷不能作詩說著只見寶琴披著鳧靨

面裏站在那里咲湘雲咲道傻子你来嚐〻寶琴咲說怪臟的寶釵咲道你嚐〻却好吃的你林姐〻弱吃了不消化不然他也愛吃寶琴聽了便過去吃了一塊果覺好吃便也吃起来一時鳳姐打發了頭来呌平兒〻〻說史姑娘拉着我呢你先去罷小了頭去了一时只見鳳姐也披了斗蓬走来咲道吃這樣好東西也不告訴我說着也湊在一處吃起来黛玉咲道那里找這羣花子去罷了〻〻今日蘆雪廣遭

劫生生被雲了頭作踐了我為芦雪廬一哭湘雲咲
道你知什麼是真名士自風流你們都假清高最可
厭我們這會子腥膻大吃大嚼回來却是錦心繡口
寶釵咲道你回來若你的不好了那肉給你掏出来
就把這雪壓的芦葦子揌上些以完此劫說著吃畢
洗浴了一回平兒帶鐲子時却少了一个左右前後
乱找了一番踪跡全無眾人都詫異鳳姐兒咲道我
知道這鐲子的去向你們只管作詩去你們也不用

找只管前頭去不出三日已管有了説着又問你們
今兒作什麽詩老太〻説離年又近了正月裡還該
作些灯謎兒大家頑笑才是衆人聽了都咲道可是
到忘了如今趕着作幾個好的預備着正月裡頑説
着一齊來至地炕屋内只見杯盤菓菜俱已擺齊墻
上已貼出詩題韵脚格式來了宝玉湘雲二人忙看
時只見題目是即景聯句五言排律一首限二蕭韵
後面尚未列次序李紈道我不大會作詩我只起三

此字

句罷然後誰先得了誰先聯寶釵是到底分個次序

要知端的且听下回分解

石頭記第五十回

芦雪廬争聯即景詩
暖香塢創製春燈謎

話說薛寶釵道到底分个次序讓我寫出來說着便令衆人拈鬮為序為首恰是李氏鳳姐道既這樣說我也說一句在上頭衆人都笑道更妙了寶釵便將稻香老農之上補一个鳳字李紈又將題目講与他聽鳳姐想了半日笑道你們別笑話我〻只有了一句

粗話下剩的我就不知道了衆人都笑道越粗越好你說了就只管幹政正事去罷鳳姐笑道我想下雪必刮北風昨夜聽見一夜的北風我有了一句就是一夜北風緊可使得衆人聽了都相視笑道這句雖粗不見底下的正是會作詩的起法不但好而且留了多少地步与後人就是這句為首稻香老農快寫上續下去鳳姐李嬸合平兒又吃了兩杯酒方去了這裡李紈寫了

一夜北風緊

自己聯道

開門雪尚飄

入泥憐潔白

香菱道

匝地惜瓊瑤

有意榮枯草

探春道

無心飾萎苕

價高村釀熟

李綺道

年稔府粱饒

葭動灰飛管

李紋道

陽回斗轉杓

寒山已失翠

岫烟道

凍蒲（浦）不聞潮

易掛踈枝柳

湘雲道

難堆破葉蕉

麝煤融寶鼎

寶琴道

綺袖籠金貂　光奪窗前鏡（琴志唐皇）
黛玉道
香粘壁上椒　斜風仍故〻
寶玉道
清夢轉聊〻　何處梅花笛
寶釵道
誰家碧玉簫　鼇愁坤軸限（釵金寓意）
李紈笑道我替你們看熱酒去罷寶釵命寶琴續聯只

見湘雲起來道

龍鬪陣雲銷

野岸迴孤棹

寶琴已站起道

吟鞭指灞橋

賜裘憐撫戍

湘雲那里肯讓人且別人也不如他敏捷都看他揚眉挺身的說道

加絮念征徭

坳垤審夷險

寶釵連聲讚好也便聯道

枝柯怕動摇　　皚皚輕趁步

黛玉忙聯道

翦翦舞隨腰　　煮芋成新賞

一面說一面推寶玉命他聯寶玉正看寶釵寶琴黛玉三人共战湘雲十分有趣那里還顧得聯詩今見黛玉推他方聯道

撒鹽是舊謡　　葦蓑犹泊釣

湘雲笑道你快下去你不中用到躭擱了我一句只

聽寶琴聯道

林谷不聞樵　伏象千峯凸

湘雲忙聯道

盤蛇一逕遥　花緣經冷結

寶釵与衆人又忙讚好探春聯道

色豈畏霜凋　深院驚寒雀

湘雲正渴了忙的吃茶已被岫烟聯道

空山泣老鴞　堦墀隨上下

湘雲忙丟下茶盃忙聯道

池水任浮漂　照耀臨清曉

黛玉聯道

繽紛入永宵　誠忘三尺冷

湘雲忙聯道

端釋九重蕉〔焦〕　僵臥誰相問

寶琴也忙笑聯道

狂遊客喜招　天機斷縞帶

湘雲又忙道

海市失鮫綃

林黛玉不容他道出接着便道

寂寞封臺榭

湘雲忙聯道

清貧怀簞瓢

寶琴也不容情也忙道

烹茶冰漸沸

湘雲見這樣自爲得趣又是笑又忙聯道

煮酒葉難燒

黛玉也笑道

沒帚山僧掃

寶琴也笑道

埋琴稚子挑

湘雲笑的湾腰又忙念了一句衆人問道到底說的是什麽湘雲喊道

石樓間睡鶴

黛玉咲的握着胸口高聲嚷道

錦罽暖親貓

寶琴也忙咲道

月窟翻銀浪

湘雲忙聯道

霞城隱赤標

黛玉忙咲道

沁梅香可嚼

寶釵咲称好也忙聯道

淋竹醉堪調

寶琴也忙道

或濕鴛鴦帶

湘雲忙聯道

晴凝翡翠翹

黛玉又道

無風仍脉〻

寶琴又咲聯道

不雨亦瀟〻

湘雲伏着已咲軟了衆人看他三人對搶也都不顧

作詩看着也只是咲黛玉還推他往下聯又道你也

有才窮力盡之時我聽你還有什麼舌根嚼了湘雲只

伏在寶釵懷裡笑个不住寶釵推他起來道你有本

事把二蕭韻全用了我才伏你湘雲起身咲道我也

不是作詩竟是搶命呢衆人嘆道到是你說罷探春
早已料定沒有自己聯的了便是寫出來白此還
沒收住呢李紈聽了接過來便聯了一句道
欲誌今朝樂
李綺又收了一句
憑詩祝舜堯
李紈道夠了〻〻雖沒作完了韻賸的字若生扭用
了到不好了說著來大家來細〻評論一回獨湘雲的

多都笑道這都是那塊鹿肉的功勞李紈笑道逐句評去都還一氣只是寶玉又落了第了寶玉笑道我原不會聯句只好躭待我罷李紈笑道也沒有社裡躭待你的又說韵險了又整悮了又不會聯句了今日必得罰你我才看見櫳翠庵的紅梅有趣我要折一枝來插瓶可厭妙玉為人我不理他如今罰你取一枝來衆人都道這罰的又雅又趣寶玉又樂為答應着便要走湘雲黛玉一齊說道外頭冷的狠你且

吃一盃酒再去于是湘雲早執起壺来黛玉遞了一
個大盃滿斟了一杯湘雲笑道你吃了我們這酒你
要取不来加倍罰你寶玉忙吃一杯冒雪而去李紈
命人好々跟着黛玉忙攔説不必有了人了不得了
李紈点頭説是一面命丫嬛將一个美女聳肩瓶拿
来貯了水准備插梅曰又笑道回来該詠紅梅了湘
雲忙道我先作一首寶釵忙道今日斷乎不容你再作
了你都搶了去別人都閒着也没趣回来還罰寶玉

他說不會作聯句如今就叫他自己作去黛玉笑道這話很是我還有个主意方才聯句不切莫若揀那聯的少的人作紅梅寶釵笑道這話是極方才邢李二位曲才且又是客琴兒和顰兒雲兒三个人也搶了許多我們一槩都別作只讓他三个作才是李紈因說綺兒也不大會作還是讓琴妹〻罷寶釵只得依允想此刻二玉已會不見賜否又道就用紅梅花三个字作韵每人一首七律邢大妹〻作紅字你們

李大妹〻作梅字琴兒作花字李紈笑饒過寶玉去
我不服湘雲忙笑有个好題目命他作众人问何題
湘雲笑命他作訪妙玉乞紅梅豈不有趣衆人聽了
都說有趣一語未了只見寶玉咲嘻〻的捧了一枝
紅梅進來衆丫嬛忙接過挿入瓶內衆人都咲稱謝
寶玉咲道你们如今賞罷也不知費了我多少精神
呢說着探春早已遞過一鍾煖酒来衆丫嬛上来接
了簑笠彈雪各人房中丫嬛都添送衣服来冬月午

後景况襲人也遣人送了半舊的狐腋褂来李紈命人將那蒸的大芋頭盛了一盤又將硃橘橙子攬撥等物盛了兩盤命人帶与襲人去湘雲且告訴寶玉方才的詩題又催寶玉快作寶玉道好姐〻妹〻們讓我自己用韵罷別限韵了衆人都說隨你作去罷一面說一面大家看梅花原来這一枝梅花只二尺来高傍有一横枝縱横而出約有五六尺長其間小枝分岐或如蟠螭或如僵蚓或孤削如筆或密聚如林

花吐胭脂香欺蘭蕙（一篇紅梅賦）人各稱賞誰知邢岫烟李紋寶琴三人都已吟成各自寫出衆人便依紅梅花三字之序看去寫道是

咏紅梅花 得紅字　邢岫烟

桃未芳菲杏未紅　冲寒先喜笑東風
魂飛庾嶺春難辨　霞隔羅浮夢未通
綠萼添粧融寶炬　縞仙扶醉跨殘虹
看來豈是尋常色　濃淡由他冰雪中

咏紅梅花　得梅字　李紋

白梅懶賦〻紅梅　逞妍(艷)先迎醉眼開

凍臉有痕皆是血　酸心無恨已成灰

誤吞丹藥移真骨　偷下瑶池脫舊胎

江南(北)江北(南)春燦爛　寄言蜂蝶莫疑猜

咏紅梅花　得花字　寶琴

踈是枝條艷是花　春粧兒女競奢華

閒庭曲檻無餘雪　流水空山有落霞

幽夢冷隨紅袖笛　遊仙香泛絳河槎
前身定是瑶台種　無復相疑色相差
衆人看了都咲稱賞一番又指末一首說更好寶玉見寶琴年紀最小才又敏捷黛玉湘雲二人斟了一小杯酒齊賀寶琴寶釵咲道三首各有各好你們兩个天〻提弄厭了我如今又提弄他来了李紈又問寶玉你可看了寶玉忙道我到看了才一看見這三首又唬忘了等我再想湘雲聽說便拿了一支銅火箸擊

着手炉咲道我撃鼓了若鼓絶不成的又要罰寳玉咲道我已有了黛玉提起筆来咲道你念我寫湘雲便撃了一下便咲道一鼓絶寳玉咲道有了你寫衆人聽他念道

酒未開罇句未裁

黛玉寫了摇頭咲道起的平〻湘雲又道快着寳玉笑道

尋春問臘到蓬萊

黛玉湘雲却点頭而咲，有些意思了。寶玉又道

不求大士瓶中露　為乞嫦娥檻外梅

黛玉寫了，又搖頭說：“湊巧而已。”湘雲忙催二鼓，寶玉又咲道

入世冷挑紅雪去　離塵香割紫雲來

槎枒誰惜詩肩瘦　衣上猶沾佛院苔

黛玉寫畢，湘雲大家才評論時，只見幾个丫環跑進來道：“老太太來了。”衆人忙迎出來，大家又咲道：“怎麽

這等高興說着遠々見賈母圍了大斗蓬戴着灰鼠煖兜坐著小竹轎打著青紬油傘鴛鴦琥珀等五六个丫嬛每人都是打著傘擁轎而来李紈等忙往上迎賈母命人止說只站在那里就是了来至跟前賈母笑道我瞞着你太々和鳳丫頭来了大雪地下我坐這个無妨没的他叫娘兒兩个踏雪衆人一面上前接斗蓬搀扶着一面答應着賈母来至室中先笑道好俊梅花你們也會樂我来着了說着李紈早命拿

了一个大狼皮褥子鋪在當中賈母坐了因笑道你們只管照舊頑笑吃喝我因為天短了不敢睡中覺抹了一會牌想起你們來了我也来凑个趣兒李紈早又捧過手爐來探春另拿了一付杯筯來親自斟了煖酒奉与賈母〻〻便領了一口問那个盤子裡是什麼東西衆人忙捧了過来回說是糟鵪鶉賈母道到罷了撕一点子腿來李紈忙答應了要水洗手親自来撕賈母又道你們仍舊坐下說笑我聽又命

李纨你也只管坐下就如同我没来的一样才好不然我就去了众人听了方依次坐下只李纨挪到尽下边贾母因问作何事了众人便说作诗贾母道有作诗的不如作些灯谜大家正月里好顽的众人答应了说笑了一回贾母便说这里潮湿你们别久坐仔细受了湿潮因说你四妹妹那里暖和我们到那里瞧瞧他的画儿赶年可有了众人笑道那里能年下就有了只怕明年端阳有了贾母道这还了得他

竟比盖這園子還費工夫了說着仍坐了竹椅轎大
家圍隨着過了藕香榭穿入一條夾道東西兩邊皆
有過街门〻樓上裡外皆嵌着石頭匾如今進的是
西门向外的匾上鑿着穿雲二字向裡的匾上鑿着
度月兩字來至當中進了向南的正门賈母下了轎
惜春已接了出来從裡邊遊廊過去便是惜春卧房
门斗上有煖香塢三字早有幾个人打起猩紅氈簾
只覺溫香拂臉大家進入房中賈母並不歸坐只問

画在那里惜春曰笑回天氣寒冷了膠性皆凝澁不
潤画了恐不好看故此收起来賈母笑道我年下就
要的你別托懶兒快拿出来給我快画一語未了忽
見鳳姐兒披著紫絨羯褂笑嘻〻的来了口内說道
老祖宗也不告訴人私自就来了叫我好找賈母見
他来了心中自是歡喜道我怕你們冷著了所以不
許人告訴你們去你真是个鬼靈精兒到底找了我
来孝敬也不在這上頭鳳姐笑道我那裡是孝敬的

心找了来我曰為到了老祖宗那里鴉没雀静的問
小丫頭子們他又不肯説叫我找到園里来我正疑
我忽然又来了兩三个姑子我心裡才明白了那姑
子是来送年疏我要年例香例銀子老祖宗年下的
事也多一定是躲債来了我赶忙問来了那姑子果
然不錯我連忙把年例給了他們去了如今来回老
祖宗債主已去不用躲着了已預備下稀嫩的野鷄
請用晚飯去再遲一會就老了他一行説衆人一行

咲鳳姐也不用等賈母說話便命人抬過轎子來賈
母咲着挽了鳳姐手仍上轎帶着衆人說咲出了夾
道東门一看四面粉粧銀砌忽見寶琴披着鳧靨裘
站在山坡上遥等身後一个丫嬛抱着一瓶紅梅衆
人都咲怪道少了兩个人他都在這裡等着也弄梅
花去了賈母笑道你們瞧這雪坡上配上他這人品
又是這件衣裳後頭又是這樣梅花像个什么衆人
都笑道就像老太〃屋裡掛的仇十洲画的艷雪圖

賈母摇頭咲道那画的那有這件衣裳人也不能勾這樣好一語未了只見寳琴身後又轉出一个披大紅猩〻毡的人来賈母道那又是那个女孩兒衆人咲道我们都在這裡那是寳玉賈母咲道我的眼越發花了説話之間来至跟前可不是寳玉和寳琴寳玉咲道向寳釵黛玉等説我才到了攏翠庵妙玉每人送你们一枝梅花我已竟打發人送去了衆人都咲説你費心説話之間已出了園门来至賈母房中

吃畢飯大家又說笑了一會忽見薛姨媽也來了說
好大雪一日也沒過來望候老太太今日老太太到高
興正該賞雪才是賈母笑道何曾不高興了我找了
他們姐妹去頑了一會子薛姨媽笑道昨日晚上我
原想著今日要合我們姨太太借他園子擺兩桌粗
酒請老太太賞雪的又見老太太安息的早我聽見
女兒說老太太心下不大爽快因此今日也沒敢驚動
早知如此我正該請賈母笑道這才是十月里頭場

雪往後下雪的日子多呢再破費不遲薛姨媽笑道
果然如此算我的孝心虔了鳳姐笑道姨媽仔細忘
了如今先秤五十兩銀子交給我〻收着賈母道既
這麼說我合他每人分二十五兩到下雪的日子我粧心
里不快混過去了姨太〻更不用操心我合鳳姐到
得了實惠鳳姐將手一拍笑道好極了這和我的主
意一樣眾人都笑了賈母笑道呸沒臉的就順着竿
子往上爬你不說姨太〻是客在偺們家受屈我們

該請姨太〻才是那里有破费姨太〻的理不這樣說呢還有臉先要五十兩銀子真不害臊鳳姐咲道我們老祖宗最是有眼色的試一試姨媽若鬆呢拏出五十兩来就合我分這會子估量着不中用了翻過来拏我作法子說出這些〻大方話来如今我也不和姨太〻要銀子我竟替姨媽出銀子治了酒請老祖宗吃了我另外再封五十兩銀子孝敬老祖宗算是罰我个包攬閑事這可好不好話未說完衆人已

咲倒在炕上賈母曰又說及寶琴雪下折梅比畫還好又細問他的年庚八字並家內的景况薛姨媽度其意思大約是要與寶玉求配薛姨媽心中固也遂心只是已許過梅家了曰賈母尚未明說自已也不好擬定遂半吐半露告賈母曰可惜這孩子沒福前年他父親就沒了他從小兒見的世面到多跟着他父親四山五岳都走遍了他父親且好樂的各處因有買賣帶着家眷這一省逛一年那一省逛半年所

以天下十停走了有五六停了那年在這里把他許
了梅翰林的兒子偏第二年他父親就辭世了如今
他母親又是痰症風姐也不等說完便嗐聲跺脚的
說偏不湊巧我正要作個媒呢又已經許了人家賈
母咲道你要給誰作媒呢鳳姐咲道老祖宗别管我
心里看准了他兩个都是一對如今已許了人說也
無益不如不說罷了賈母已知鳳姐之意聽見已有
了人家也就不提了大家又閒話一會方散一宿無

話次日雪晴飯後賈母又親囑惜春不管冷煖你只畫去赶到年下十分不能便罷了第一要緊把昨日琴兒和了頭梅花照模照樣一筆别錯快々添上惜春聽了雖是為難只得應了一時衆人都來看他如何畫惜春只是出神李紈因笑向衆人道讓他自已思去偺們且説話兒昨日老太々只叫作灯謎兒我和綺兒紋兒睡不着我就編了兩個四書上的他兩個每人也編了兩個衆人聽了都笑道這到該作的先説

了我們猜〻李紈笑道觀音未有世家傳四書一句
湘雲接著就說在止於至善寶釵咲道你也想一想
世家傳三字的意思再猜李紈咲道再想黛玉咲道
哦是了雖善無徵衆人都咲道這句是了李紈又道
一池青草〻何名湘雲又忙道這一定是蒲芦也再
不是不成李紈又道這難為你猜紋兒的是水向石
邊流出冷打一古人名探春咲問可是山濤李紋咲
道是李紈又道綺兒是个螢字打一个字衆人听了

半日寳釵咲道這个意却深不知〻是花字李紈咲
道恰是了衆人道螢与花何干黛玉咲道這妙的狠
螢可不是草化的衆人會意都咲了説好寳釵道這些
雖好不合老太〻的意不如作些淺近的俗物才是
湘雲想了一想咲道我編了一支㸃絳唇却真是个
俗物你們猜〻説着便念道溪壑分離紅塵游戲真
何趣名利猶虚後事總難繼衆人都不解想了半日
也有猜是和尚的也有猜是道士的也有猜是偶戲

人的寶玉咲道都不是我猜着了必定是耍的猴兒湘雲咲道正是這个了衆人道前頭都好末後一句怎庅解湘雲道那一个耍的猴兒不是剁了尾巴去的衆人聽説都咲起来説偏他編个謎兒也是刁鑽古怪的李紈道昨日姨媽説琴妹〻是个見世面多的走的道路也多你正該編謎兒正用的着你的詩且又好何不編幾个我們猜一猜寶琴聽了点頭含咲着去尋思寶釵也有了一个念道

鏤檀鍥梓一層層　豈係良工堆砌成
雖是半天風雨過　何曾聞得梵鈴聲
　　　　　　　　　　打一物

衆人猜時寶玉也有了一个念道

天上人間兩渺茫　琅玕節過謹隄防
鸞音鶴信須凝睇　好把嘘唏達上蒼
　　　　　　　　　　打一物

黛玉也有了一個念道

騄駬何勞縛紫繩　馳城逐塹勢猙獰
主人指示風雷動　鰲背三山獨立名
　　　　　　　　　　打一物

此頁原缺

石頭記第五十一回

薛小妹新編懷古詩
胡庸醫乱用虎狼藥

话说衆人闻聽寳琴將素習经過各省的古跡為題作了十首懷古绝句内隐十物皆说這是自然新巧都争着看时只見寫的

赤壁懷古 其一

赤壁沉埋水不流　徒留名姓載空舟

喧闐一炬悲風冷　無限英雄在內遊

交趾懷古　其二　馬援立銅柱處

銅鑄金鏞振紀綱　聲傳海外播戎羌
馬援自是功勞大　鐵笛無煩說子房

鍾山懷古　其三　即孔稚圭北山移文處

名利何曾伴汝身　無端被詔出凡塵
牽連大抵難休絕　莫怨他人嘲笑頻

淮陰懷古　其四

壯士須防惡犬欺，三齊定位蓋棺時。
寄言世俗休輕鄙，一飯之恩死也知。

廣陵懷古 其五

蟬噪鴉栖轉眼過，隋堤風景近如何。
只緣占得風流號，惹得紛紛口舌多。

桃葉渡懷古 其六

衰草閑花映淺池，桃枝桃葉總分離。
六朝梁棟多如許，小照空懸壁上題。

青塚懷古 其七

黑水茫茫咽不流　冰弦撥盡曲中愁

漢家制度誠堪爆（笑）　樗櫟應慚萬古羞

馬嵬懷古 其八

寂寞脂痕漬汗流　溫柔一旦付東洋

（淺淡梨雲壓靚粧）

只因遺得風流跡　此日衣衾尚有香

蒲東寺懷古 其九

小紅骨賤最身輕　私掖偷攜強撮成

雖被夫人時吊起　已經勾引彼同行

梅花觀懷古　其十

不在梅邊在柳邊　箇中誰拾畫嬋娟

團圓莫聽春香到　一別西風又一年

衆人看了都稱奇道妙寶釵先說道前八首都是史鑑上的後二首都無考據我們也不懂不如另作兩首爲是黛玉道這寶姐〻也忒膠柱鼓瑟矯揉造作了這兩首雖於史鑑上無考據你們雖不曾看這些外

傳雖道連兩本戲也沒看見過底那三歲孩子也知
道何況我們探春便道這話正是李紈又道況且他
原走過這个地方的這兩件雖無考據古往今来以
訛傳訛好事者故意弄出這个古跡来以愚人的如
那年上京的时节单是關夫子的墳到見了三四處
關夫子一生事業皆是有據的如何又有許多墳
自然是後人敬愛他生前為人只怕從這愛敬上穿
鑿出来也是有的及至看廣輿記上不止關夫子的

技多自古来有些名望技就不少無考的古跡更多
如這兩首雖無考凡說書唱戲求的籤上皆有批注
老小男女俗語口頭人々皆知皆識的況且又不是
看西廂牡丹亭的詞曲怕看了邪書這竟無妨只顧
留着寶釵聽說方罷了大家積(猜)了一回皆不是冬日
天短不覺又是前頭吃晚飯之時一齊前来吃飯因
有人回王夫人說襲人的花自芳進来說他母親病
重了想他女兒他来求恩典接襲人家去走々王夫

人聽了便説人家母女一場豈有不許他去的一面
就叫了鳳姐来告訴了鳳姐命他酌量去辦理鳳姐
答應回至房中便命周瑞家的去告訴襲人原故又吩
咐周瑞家的再將跟出門的媳婦傳一個你兩個人
再帶兩個小丫頭子跟了襲人去外頭派四個有年
紀跟車要一輛大車你們帶着要一輛小車給了頭
們坐周瑞家的答應了纔要去鳳姐又道那襲人是
省事的你告訴説我的話叫他穿幾件顏色好衣裳

太〻教包一包袱衣裳拿著包袱也要好〻的手炉也
拿好的臨走時叫他先來我瞧〻周瑞家的荅應去
了半日果然見襲人穿帶來了兩个丫頭與周瑞家的
拿著手炉衣包鳳姐看襲人頭上戴著几支金釵珠
釧到華麗又見身上穿著桃紅刻絲銀鼠袄子葱綠
盤金彩綉綿裙外面穿著青緞灰鼠掛鳳姐笑道這
三件衣裳都是太〻賞你的到是好的但只這褂子
太素了些如今穿著也冷你該穿一件大毛的襲人

笑道太〻就只给了這灰鼠的還有一件銀鼠的說
趕年下再给大毛的還沒有得呢鳳姐笑道我到有
一件大毛的我嫌鳳毛出得不好了正要改去也罷
先给你罷等太〻年下给你做的时節我再做罷只
當你還我一樣衆人都笑道奶〻慣会說這話成年
家大手大脚的替太〻不知背地裡賠墊了多少東
西真〻賠得是說不出来的那里又和太〻筭去偏
這会又說這小氣话鳳姐笑道太〻那裡想到這些

究竟這又不是正經事再不照看也是大家的体面說不得我自己吃些虧把衆人打扮体統了寧可我得个好名也罷了一个一个像燒火了頭的樣子是的人先笑話我說我當家到把个人弄成花子來了衆人聽了都嘆說誰是奶々這樣聖明在上体貼太々在下又疼顧下人一面說一面只見鳳姐命平兒將昨日那件石青刻絲八團天馬皮褂子拿出來与了襲人又看包袱只得一个彈墨花綾水紅紬裡的夾

包袱裡面只包着兩件舊棉緞襖与皮褂鳳姐又命平兒把一个玉色紬裡哆囉呢包袱拿出来又命包上一件雪褂子平兒走去拿了出来一件是半旧大紅猩猩氈一件是半舊大紅羽紗襲人道一件就當不起了平兒笑道你拿這猩〻氈的就是大紅衣裳映着大雪好不齊整他穿着那件旧氈斗篷越發顯的拱肩縮背好不可憐見的如今把這件給他罷鳳姐笑道我的東西他私自就要給人我一个还花不勾

再添上你提着更好了衆人咲道這都是奶〻素日
孝敬太〻疼愛下人若是奶〻素日是小氣〔器〕的只以
東西為事不顧下人的姑娘那裡還敢這樣了鳳姐
咲道所以知道我的心的就是他知三分罷了說着
又囑付衆人道你媽若好了就罷若不中用了只管
住着打發人來回我〻再打發人給你送鋪蓋去可
別使他們的鋪蓋和梳頭家伙又吩咐周瑞家的道
你們自然知道這裡的也不用我吩咐周瑞家答應

都知道我們這去到那里招呼他們的人廻避若住
下必是另要兩間房的說着跟了襲人出去又吩咐
預備燈籠坐車往花自芳家來不在話下這里鳳姐
又將怡紅院的嬷嬷喚了兩個來吩咐道襲人只怕
不來家你們素日知道那大丫頭們那兩个知好歹
派出來在寶玉屋裡上夜你們也好生照管着別由
着寶玉胡鬧兩个嬷嬷去了一時來回說派了晴雯
和麝月在屋裡我們四个輪流管上宿的鳳姐聽了

点頭又説道晚上催他早睡早上催他早起老嬷〻
答應了自回園子一時果有周瑞家的帶了信來回
鳳姐襲人之母業已挺床不能回來鳳姐回明王夫
人一面着人往大觀園去所以他有的鋪蓋粧奩寶
玉看着晴雯麝月二人打点妥當送去之後晴雯麝
月咲道你今兒别粧小姐了我勸你也動一動兒晴
雯道等你们都去盡了我再動不遲有你们一日我
且受用一日麝月咲道好姐〻我鋪床你把穿衣鏡套

了放下来你的身量比我高些说着便去与宝玉铺
床晴雯喝了一声笑道人家才坐暖和了你就来闹
了此时宝玉正坐着纳闷想袭人之母不知是死是
活忽听见如此说便自己起身出~~来~~去进来笑道你们
暖和罢都完了晴雯笑道终久暖和不成我想起来
汤婆子还没拿来呢麝月道这难为想着他素日不
要汤婆子咱们那里熏笼上暖和比不得那屋里炕冷
今儿可以不用宝玉笑道这个话你们都在上头睡

了我這外邊沒个人我怪怕的一夜也睡不着晴雯道
我是在這里睡麝月往他外邊睡去說話之間天已
二更麝月早已放下簾幔移灯燒香伏侍寶玉睡下
二人方睡晴雯自在薰籠上麝月便在煖閣内外邊
至三更以後寶玉睡夢中叫了襲人兩聲無人答應
自己醒了想起襲人不在家也好笑起來晴雯已醒
因叫喚麝月道連我都醒了他守在旁邊不知道真
是挺死尸的麝月翻身打个哈氣笑道他叫襲人与

我什麽相干因問做什麽寶玉說要吃茶麝月忙起来
單穿紅紬小棉襖寶玉道披了我的襖兒再去仔細
冷着麝月聽說回手便把寶玉披着起夜的一件貂
頦滿襟暖襖披上下去向盆内洗〻手先倒了一鍾
温水拿了大漱盂寶玉漱了一口然後纔向茶桌上
拿了茶碗先用温水潵了向煖壺中倒了半碗茶遞
与寶玉吃了自己也漱了一漱吃了半碗晴雯笑道好
妹〻子也賞我一口兒麝月咲道一發上臉兒了晴雯

道將妹〻明兒晚上你別動我伏侍一夜如何麝月
聽說也伏侍他漱了口倒了半碗茶与他吃過麝月
笑道你們兩個別睡說着話兒我出去走〻回來晴
雯笑道外頭有个鬼等着呢寶玉道外頭有大月亮
的我們說話你只管去一面說一面便漱了兩口麝
月便開了後房揭起了氈簾一看果然好月色晴雯
等他出去便欲唬他頑耍仗着素日比別人氣壯不怕
寒冷也不披衣只穿着小襖便躡手躡腳的下了熏

籠隨出来寶玉咲勸道凍着不是頑的晴雯只擺手隨後出了房門只見月光如水忽然一陣微風只覺侵肌透骨毛骨森然心下自思怪道人說熱身子不可被風吹這一冷果利害一面正要唬麝月只聽寶玉高聲在內道晴雯出去了晴雯忙回身進来咲道那里就唬死了他偏你慣會這蠍〻螫〻老婆漢像的寶玉笑道到不會唬壞了他頭一件你凍着也不好二則他不妨未免一喊叫倘或唬醒別人不說

咱们是頑耍到反說嚇人纔去一夜你們就見神見
鬼的你来把我這邊被拉一拉睛雯聽說便替他拉了
一拉伸手進去摸一摸寶玉咲道好冷手我說着凉
着一面見睛雯兩腮如胭脂一般用手摸了一摸也
覺冰冷寶玉道快進被来罷一語未完只聽咯咯的
一聲门响麝月慌慌張張的咲了進来說道嚇了我
一跳黑影子裡山子石後頭只見一个人蹲着我才
要叫喊原来是个大錦雞見了人一飛往亮處来我才

看真了若冒〻失〻一嚷到起[驚]人來一面說一面洗手又笑道睛雯出去我怎麽不見一定是要唬我去了寶玉笑道這不是他若不叫的快可是到唬一跳晴文笑道也不用我唬去這小蹄子已經自怪自驚的了一面說〻一面仍回自己被中去麝月道你就不[這]麽跑解馬的[是]打扮的伶〻俐〻的出去了不成寶玉[道]可不就這麽出去了[麝月道]你死不揀好日子你出[去]站一站皮不凍破了你的說着又將火盆上的銅罩揭起拿

灰鍬重熱[把]炭埋了一埋拈了兩塊素香放上仍罩了
至後屏剔了灯方纔睡下晴雯因方才一冷如今又
一煖不覺打了噴嚏寶玉嘆道如何到底傷了風麝
月咲道他早起就嚷不受用一日也沒有吃碗正経
飯他說這會子不[說]保養些还要捉弄人明兒病了叫
他自作自受的寶玉問道頭上可熱晴雯嗽了兩聲
說道不相干那里[這]麼嬌嫩起来說着只聽外间房
中十錦槅上自鳴鐘噹噹的兩聲外间值宿的老嬷

咳嗽了兩聲曰說道姑娘們睡罷明吹再說笑罷宝玉方悄〻咲道咱們別說話了又惹他們說話說着大家睡了至次日起來晴雯果覺有些鼻息聲重懶得動彈寶玉道快不要聲張太〻知道又叫你搬了家去將息家里總好到的（底）冷些不如在這間屋里躺着我請了大夫看〻悄〻的從後們（門）進來瞧〻就是了晴雯道雖如此說你到底要告訴大奶〻一聲不然一時大夫來了怎么說呢寶玉聽了有理便（唤）一个老

嬷〻来吩咐道你回大奶〻去就说晴雯白日冷着
些不是什庅大病襲人又不在家他若家去養病這
里更没有人了傳一个大夫瞧〻他别回太〻罷了
老嬷〻去了半日来回说大奶〻说知道了吃两剂
藥〔好〕了便罷若不好时還出去為是如今时氣不好恐
沾〔染〕帶了别人事小姑娘們身子要緊的晴雯睡着煖
閣里只管咳嗽聽了這话氣的喊道我那里就害瘟
了生怕過了人我離了這里看你們這一輩子不頭

疼腦熱的説着便要起来寶玉忙摟住别生氣這原是他的責任生恐太太知道了説他不过白説一句你素習好生氣如今肝火又盛了正説時人回大夫来了寶玉走過来避在書架之後只見兩三個後门口老嬷嬷帶了一個大夫進来了這里丫鬟都避了有二三個老嬷嬷放下大紅銹幔晴雯從幔中伸出手去那大夫見了這隻手上有兩根指甲只有二三寸長尚有金鳳花染的通紅的痕跡便忙回頭過来有一

个老嬷〻忙拿了一塊手帕掩了那太醫胗脉一回起身
到外間向嬷〻說道小姐的病是外感內滯近來
時氣不好竟算是个小傷寒幸虧是小姐素來飲食
有限風寒也不大不過原氣弱偶然沾帶了些吃兩
劑藥疏散〻〻就好了說着便隨婆子們出去彼時李
紈已遣人知會過後门上的人及各處丫嬛迴避太
醫見了園中景致並不曾見一女子出了園门就在
守園门的小廝們的班房內坐了開了藥方老嬷〻道

老爺且別去我們小爺囉唆恐怕還有話問太醫忙
道方才不是小姐是位爺不成那屋子竟是綉房又
是放下幔子來的如何是位爺呢老婆〻悄〻咲道我
的老爺怪道小廝才說今兒請了一位新太醫來了真
不知我們家的事那屋子是我們小哥兒那病的人
是他屋里的丫頭到是个大姐那里的小姐若是小
姐的綉房小姐病了你那庅容易就進去了說着拿
了方子就走寶玉看時上面有紫蘇桔梗防風荊芥

等藥後面又有枳實麻黃寶玉道該死〻〻他看女孩們也像我們一樣治如何使得憑他有什麼內傷這枳實麻黃如何禁得誰請了來的快打發他去罷再請一個熟的來老婆子道用藥方好不好我們不知道如今再叫小厮去請王太醫來倒容易只是這个大夫又不是告訴總管請來的這轎馬錢是要給他的寶玉道給他多少婆子道少不好看也得一兩銀子才是我們只門戶礼寶玉道王太醫來給他多少

婆子咲道王太醫和張太醫每常来了也没个給錢的
不過每年四節送礼就是吕這人新来了一次須得給一
兩銀子寶玉聽説便命麝月取銀子麝月道花大姐〻
不知擱在那裡呢寶玉道我常見他在那小螺甸櫃
子裡取錢我和你找去說着二人来至襲人堆東西
房内開了螺甸櫃子上有一槅都是筆墨扇子香餅
各色荷包汗巾等類下一槅却有幾串錢于是開了抽
屜才看見了一个小簸籮内放着幾塊銀子到有一把

戥子麝月便拿了一塊銀子提起戥子来問寶玉那是一兩的星兒寶玉咲道你問我有趣你到成了是才来的了麝月也咲道又要去問人寶玉道揀那大的給他一塊就是了又不做賣買算他做什麽麝月聽了便放下戥子揀了一塊掂了一掂笑道這一塊只怕是一兩了寧可多些好少了叫那窮小子笑話不說咱們不識戥子說咱們有些小氣似的那婆子站在外頭台磯上咲道那是五兩的錠子夾了半个

只一塊最少還有二兩呢這會子又沒夾剪姑娘收
了這塊再揀一塊小些的麝月早掩了櫃子出來
誰又找去多了些你拿去罷寶玉道你只快叫茗煙
再請王大夫去就是婆子接了銀子自去料理一時茗
煙果請王太醫來了先胗了脉後說病症与前相倣
只是方子上果沒有麻黃枳實等藥到有當歸陳皮
勺藥分量較前也稍減些寶玉喜不自禁道這才是
女孩兒們藥雖然疎散也不可太過舊年我病了却

是傷寒內裡飲食停滯他瞧了還說禁不起麻黃石
膏枳實的狼虎藥我和你們一比我就是那放園子
裡長的幾十年一棵老楊樹你們就是秋天芸兒進
我的那才開的白海棠連我禁不起的藥你們如何禁
得起麝月等笑道野墳裡只有楊樹不成難道就沒
有松柏我最嫌的是楊樹那麼大笨樹葉子只一點沒一
絲風他也是亂響偏你比他太下流了寶玉笑道松
柏不敢比連孔子都說歲寒然後知松柏之後凋也

可知這兩件東西高雅不怕燥的才拿来混比呢說着
只見老婆子取了藥来寶玉命把藥就煎把銀盄子找
出来在火盆上煎晴雯説該給他們茶房煎去弄得
這屋裏藥氣如何使得寶玉道藥氣比一切的花果
子香都雅神仙採藥燒丹再者高人逸士採藥治藥
最妙的一件東西這屋裡我正想各色都齊了就只
少藥香如今却好全了一面說一面早命人煨上又
囑付麝月打點些東西遣老嬷嬷去看襲人勸他少哭

一〻安當方過前邊来賈母王夫人去问安吃飯正值
鳳姐和賈母王夫人商議説天又短又冷不如以後
大嫂子帶着姑娘們在園子吃飯一樣等天長和暖
了再来回跑也不妨王夫人笑道這也是好主意刮
風下雪吃了些東西受了冷氣也不好空心走来一
肚子冷氣壓上些東西也不好不如園後門里頭的
五間大房子横竪有女人們上夜的挑了兩个廚子
女人在那里单給他姊妹們弄飯新鮮菜蔬是有分

例的在總管房裡支了去或要錢或要東西那些雜鴨獐麅各樣野味分些給他們就是了賈母道我也正想著呢就怕又添個廚房多事些鳳姐道並不多事一樣分例這里添了那里減了就便多費些事也免了小姑娘冷風朔氣的別人還可第一林妹妹如何禁得住就連寶兄弟也禁不住何況眾位姑娘賈母道正是前兒我要說這話我見你們的大事太多了又添出這些事來要知端的下回分解

石頭記第五十二回

俏平兒情掩蝦鬚鐲
勇晴雯病補雀金裘

賈母道正是這話了上次我要說這話我見你們的大事多如今添出這些事你們果固然不敢抱怨未免想着我只顧疼這些小孫子孫女兒就不体貼這當家人了你既這庅說出来更好了因此時薛姨媽李

嬸都在坐邢夫人及尤氏婆媳也都来請安还未过去賈母向王夫人等說道今兒我纔說這話素日我不說一則怕成了鳳姐丫頭的臉二則衆人不伏今日你們都在這里都是経过妯娌姑嫂的还有他這樣想的到薛姨媽李嬸尤氏等齊笑說真个少有別人不过是禮上面子情兒實在他是真疼小姑子小叔子就是老太〻跟

前也真孝順賈母点頭嘆道雖疼他我又
怕他太伶俐了也不好鳳姐兒忙笑道這
話老祖宗說差了世人都說太伶俐聰明
怕活不長世人都說得老祖宗不當說老
祖宗伶俐聰明过我我十倍怎庅如今這
說得老祖宗不當說老祖宗伶俐聰明过
我十倍怎庅如今這樣福壽双全只怕我
明兒还勝老祖宗一倍呢我活一千歲後

等老祖宗归了西天我總死呢賈母咲道世人都死了單剩咱們兩个老妖精有什庅意思呢說得衆人都咲了宝玉因記掛着晴雯襲人等事便先回園里來到了房中藥香滿室一人不見只見晴雯獨坐于坑上臉上燒淂飛紅又摸了一摸只覺盪手忙又向爐上將手烘煖伸道進被去摸了一摸身上也是火燒因說道別人家去

了也罷麝月秋紋也尺（這）樣無情各自去了
晴雯道秋紋是我攆了他去吃飯的麝月
是方才平兒来找他去了兩人鬼々祟々
不知說什庅必是說我病了不出去宝玉
道平兒不是這樣人况且他并不知你病
他特来瞧你想來一定是我麝月来說話
偶然見你病了隨口特（說）瞧你病尺（這）也是人
情乖巧取和的常事你們素日又好斷不

肯傷和氣晴雯道這也是只是疑他為什庅忽然又瞞起我来宝玉笑道讓我從後門出去到那窓眼下听〻說些什庅来告訴你果然從後門出去至窓下潛听只听見麝月悄問道你怎庅就得的平兒道那日洗手時不見了二奶〻就不許吵嚷出了園子即刻就傳給園里各處的媽〻們小心查訪我們只疑惑邢姑娘的丫頭本来又窮只

怕小孩子家沒見過拿了起來再不料定
是你們這里的幸而二奶〻沒有在屋裏
你們這里宋媽去了拿着這支鐲子這是
小丫頭墜兒偷起來的被他看見回二奶
〻的我趕忙接了鐲子想了一想宝玉偏
在你們身上留心用意争勝要強的那一
年有个良兒偷玉缸冷了只一二年閒時
还有人提起來這會又跑出一個偷金子

的来了而且更偷到街房（坊）家去了偏是他
這樣的人打嘴所以忙叮嚀宋媽千萬别
告訴宝玉只當没有這（件）事别和一个人提
起第二件老太々大々听了也生氣三則
襲人你們也不好看所以我回二奶々只
說我往大奶々屋里去的誰知鐲子脱了
口丢在艸根底下雪深了没看見今兒雪
化盡了黄澄々的映着太陽还在那里呢

我就揀了起来二奶〻也就信了所以我告訴你們以後好防着他些〻別使喚他到別處去等襲人回来你們商議着变个法子打發了去就完了麝月道這小蹄子也見過些東西怎庅眼皮子淺平兒道這鐲子能多重原是二奶〻的說這叫作蝦鬚鐲到是這顆珠子还罷了晴雯那蹄子是塊爆炭若告訴了他〻是忍不住一時氣了

或打或罵依舊嚷出来不好所以单告訴你畄心就是了說着便作辭而去宝玉听了又喜又氣又嘆氣喜道平兒竟能体貼氣的是墜兒小竊嘆的墜兒那樣伶俐人做出這樣醜事來因而回至房中把平兒之話一長一短告訴了晴雯晴雯說他你是个要强的如何不說呢宝玉道如今你病着听了這話越發要添病的了等好再

告訴你晴雯听了果然氣的蛾眉倒豎鳳眼圓睛那時就叫墜兒宝玉劝道你這一喊出来豈不辜負了平兒待你我之心乎不如領他這个情過後打發他就完了睛雯道雖如此說只是這氣如何忍得宝玉道這有什庅氣的你只養病就是了睛雯服了藥至晚間又服二和夜間雖有汗还未見効仍是發燒頭疼鼻塞聲重次日王

太醫又来胗視另加減陽劑雖然稍減了
燒仍是頭疼宝玉便命麝月取鼻烟来與
他嗅些〻痛打几個嚏噴就通了関竅麝月
果然去取了一个金鑲星双扣金星玻璃
的一个扁盒来遞與宝玉便揭開盒扇里
面有西洋珐瑯的黄髮赤身女子兩肋又
有肉翅里面盛着些〻真正汪恰洋烟晴雯
只顧看畫宝玉道嗅些〻走了不好晴雯听

說忙拿指甲挑了些些嗅入鼻中不見怎樣又多多挑了些些嗅入忽覺鼻中一股酸辣透入顖門接連打了五六个嚔噴眼淚鼻涕登時齊流晴雯忙取了盒子笑道了不得好辣快拿紙来早有小丫頭遞過一搭子細紙晴雯便一張一張拿来醒鼻子宝玉笑問如何晴雯咲道果覺痛快只是太陽还痛宝玉笑道越性盡用西洋藥治

一治只怕就好了說着便命麝月和二姐
々要去就說我說了姐々那裡常有西洋
貼頭疼的膏子藥叫作依弗哪我尋一点
兒麝月答應了去了半日果拿了半節来
便去找了一塊紅緞子角兒鉸了兩塊指
頭大的圓式將藥拷和了用簪挺攤上晴
雯拿着一面靶鏡貼在兩太陽上麝月咲
道病的蓬頭鬼一樣如今貼了這個到俏

皮了二奶〻貼慣了到不大顯說畢又向
宝玉道二奶〻說了明日是老爺的生日
太〻說了叫你去明兒穿（什庅）衣裳今兒晚上
好打点齊備了省得明兒早起費手宝玉
道什庅順手就是什庅罷了一年鬧生日
也鬧不清說着便起身往惜春房中去（看）畫
剛到了院門外邊忽見宝琴的小丫頭名
小螺者從那邊過去宝玉趕上來問那里

去小螺笑道我們二位姑娘都在林姑娘那里呢如今也往那里去宝玉听了轉步也便同他往瀟湘館来不但宝釵姊妹在此且連邢岫烟也在那里四人圍坐在薰籠上叙家常紫鵑到坐在暖閣里臨窗作針線一見他来都笑說又来了一个可没了你坐處了宝玉笑道好一幅冬閨集艷圖可惜我遲了一步横豎這屋子比各屋子暖這椅

子上坐着並不冷説着代玉常坐的搭着
灰鼠椅（搭）子的一張椅子上因見暖閣之中
有一玉石條盆里面攢三聚五着一盆单
瓣水仙点着宣石便極口讚道好花這屋
子暖和這花越發香了代玉道這是你家
的大總管賴大嬸子（送）薛二姑娘的兩盆花
他送了我一盆水仙他送了頭一盆臘梅
我原不要的又恐辜負了他的心你若要

我轉送了你宝玉道我屋里却有兩盒只是不及這個琴妹〻送的如何又轉送人這个断使不得代玉道我一日藥盃子不離火那里还擱的住花香来薰越發弱了况且這屋子里一半藥香反把這花香攪壞了不如你抬了去這花也到清凈了宝玉笑道今兒我屋里也有病人吃藥你怎庅知道的代玉笑道這話奇了白鶩自我

原是無心的話誰知你屋里事你不早来
听說古記這會来了自驚自恠的宝玉笑
道咱們明兒下社又有了題目了就咏水
仙臘梅代玉听道罷、我再不敢作詩了
作一回罰一回沒淂錢怪羞的說着便兩
手梅（握）起臉来宝宝（玉）笑道何苦来又奚落我
我作什庅我还不怕燥呢你到梅（握）起臉来
了宝釵因笑道這一次我邀一社四個詩題

每人四首詩四闋詞頭一个咏太極圖限一先的韵五言律要把一先韵都用盡了一個不許剩宝琴咲道這一説可知姐〻不是真心起社了這分明是难人若論起来也强扭得出来不過顛来倒去弄些易經上的話究竟有何趣味我八歲時節跟我父親到西海沿子上買洋貨誰知有真〻国女孩子纔十五歲那臉面就如洋畫

上的美人樣也披着黃頭髮打着聯垂滿頭帶着都是珊瑚猫兒眼祖母緑這些宝石身上穿着金線織的鎖子甲洋巾袖袄帶倭刀也是鑲金嵌宝的實在畫兒上的也沒有這庅好看有人說他通中國詩書會講五經能作詩填詞因此我父親便煩了一位通事官煩他寫了一張字就寫的是他作的詩衆人都稱奇道异宝玉忙笑

道好妹妹你拿出来我瞧〻宝琴笑道在
南京収着呢宝玉听了大失所望代玉笑
説你別哄我們我知道你這一来這些東
西未必放在家里自然都是要帶来的這
會子又扯謊説沒帶来他們雖信我是不信
的宝琴便紅了臉低頭微笑不語宝釵道
若帶了来就給我們見識見識又向宝琴
道你若記得何不念〻我們听宝琴方荅

道記得是一首五言律外國的女子也就難為他了宝釵道你且別念等把雲兒叫了来也叫他听、叫小螺来吩咐道你到我那里去就說我們這里有一個外國美人来作的好詩請詩瘋来瞧去再把我們的詩獃子也帶来小螺笑着去了半日只听湘云那一个的外國美人来了一頭說着話果然香菱来了衆人笑道人未見形

那先已聞聲宝琴道請坐了遂把方才話重叙了一遍湘云笑道快念來听宝琴自念道

昨夜朱樓夢　今宵水國吟
島雲蒸大海　嵐氣接叢林
月本無今古　情緣自淺深
漢南春歷〻　焉得不關心

衆人听了都道難為他竟比我們中國人

还強一話未了只見麝月走来說太ゝ
打發人来告訴二爺明兒一早往舅ゝ那
里去說太ゝ身上不大好不得親身来宝
玉忙站起来答應道是因問宝釵宝琴可
去宝釵道我們不去昨兒单送了礼去了
大家說一回方散宝玉因讓姊妹們先行
自己落後代玉又叫住他問道襲人到底
多早晚回来宝玉道自然等送了殡回

来代玉逐有話說又不曾出口出了一回
神便道你去罷宝玉也覺心里有許多話
只是口裡不知要說什庅想了一想也笑
道明日再說罷一面下了堦磯低頭正欲
走復又忙回身問道如今夜越發長了你
一夜咳嗽几遍醒几次代玉道昨兒夜里
好了只嗽了两遍宝玉又笑道正是有句
要緊的話這會子才想起来一面說一面

便挨進身来悄悄道我想宝姐姐送你的燕窩一話未了只見趙姨媽走来瞧代玉問姑娘這兩天好代玉便知他是從探春處来門前經過順路的人情代玉忙陪笑讓坐說難為姨娘想着怪冷的天親自走來又命倒茶一面又使眼色與宝玉宝玉會意便走了出来正值吃晚飯時見了王夫人王夫人又囑咐他早去宝玉回来看時

晴雯吃了藥此夕宝玉便不命晴雯挪出暖閣来自己便在晴雯外边又命將薰籠抬至暖閣前麝月便在薰籠上一宿無話至次日天未明時晴雯便叫醒麝月你出去叫人給他預備茶来麝月忙披衣起来来道咱們穿好衣裳抬過火箱来再叫他們進来老嬤嬤們已經說過不叫他在這屋里怕過了病氣如今見他們見咱們擠在

一處又要嘮叨睛雯道我也是這広說呢宝玉也醒了忙起身披衣麝月先叫進小丫頭子来收拾妥了才命秋紋枟雲進来一同伏侍宝玉梳洗畢麝月道天又陰〻的只怕有雪穿一套毡的罷宝玉点頭那時換了衣裳小丫頭、便拿小茶盤捧了一盖碗建蓮紅棗湯来宝玉喝了两口麝月又捧過一小碟法製紫薑来宝玉噙了一塊

又囑咐了晴雯一回便往賈母處来賈母
还未起来知道宝玉出門便開了房門叫
宝玉進来宝玉見賈母身後宝琴面向里
也睡着未醒賈母見宝玉身上穿着荔色
哆囉呢天馬箭袖大紅猩〻毡盤金彩綉
石青粧緞沿边的排穗褂子賈母道下雪
嗎宝玉道天陰着还有没下呢賈母便命外
头来把昨兒那一件烏雲豹的氅衣給他

罷允央荅應了果取了一件来宝玉看時
金線輝煌碧彩爛灼又不如宝琴所披之
鳧靨裘只听賈母咲道這叫做雀金呢這
是哦囉斯國拿孔雀毛拈的線織的前兒
把那一件野鴨子給了你小妹〻這件給
你罷宝玉磕了一个頭便披在身上賈母
道你先給你娘看〻再去宝玉荅應了便
出来只見允央站在地下揉眼睛因自那

日夗央發誓決絕之後他總不合宝玉說話宝玉正自日夜未安此時見又迴避宝玉便上来笑道好姐〻你瞧〻我穿着好不好夗央便一摔手走進賈母房中来了宝玉只得到了王夫人房中與王夫人看了然後又囬至園中與晴雯麝月看過復囬至賈母房中囬說太〻看了只說可惜了的叫我仔細穿別遭蹋了他賈母道就

剩了這一件你遭遢了也在（再）沒了這會特
給你做這个也是沒有的事又囑咐他不許
多吃酒早些回来宝玉應了几个是老嬷
：跟至厮前只見宝玉的奶兄李貴和王
栄張若錦趙亦華錢啟周瑞六個人帶着
茗煙伴寉鋤藥掃紅四个小厮背着衣包
抱着坐褥籠着一疋雕鞍彩轡的白馬早
已伺候多時了老嬷：又吩咐了他六個

人些話六个人忙答應了几个是忙捧鞭墜鐙宝玉忙〻的上了馬李貴和王榮籠着嚼環錢啟周瑞二人在前引導張若錦趙亦華在两边緊貼宝玉後身宝玉在馬上笑道周哥錢哥咱們打這角門走罷省得到了老爺書房門口又下来周瑞側身笑道老爺不在家書房門天〻鎖着的也可以不用下来罷了宝玉笑道雖鎖着也

要下来的錢啟李貴都道爺說的是便托
懶不下来倘或遇見賴大爺林二爺雖不
好說爺也劝两句有的不是都派在我們
身上又說我們不教爺礼了周瑞錢啟便
一直出角門来正說話時頂頭果見賴大
進来宝玉忙籠住馬意欲下馬賴大忙上
来抱住了腿宝玉便在鐙上站起来笑攜
他手說了几句話接着又見小廝帶着二

三十个拿掃帚簸箕的人進来見宝玉都順墻垂手立住獨那為首小厮打千兒請了個安宝玉不識名姓只微笑点了一点頭馬已過去那人方帶人去了于是出了角門〻外又有李貴等六人的小厮并几个馬夫早預備下十来疋馬尚候一出角門李貴等都上了馬前引傍圍的一陣烟去了不在話下這里晴雯吃了藥仍不見

効急淂乱駡大夫説只會騙人的錢一剤
好藥也不給人吃麝月笑道你太性急了
俗語語説病来如箭倒去如抽線又不是
老君的仙丹都有這樣靈藥你只静養几
天自然好了你越急越着手晴雯又駡小
丫頭們那里鑽沙去了瞧我病了都大胆
子走了明兒我好了一個一个的揆揭你
的們的皮呢唬淂小了頭子篆兒忙進来

問姑娘作什庅晴雯道別人都死絕了就剩了你不成說着只見墜兒也跪了進来来晴雯道你這小蹄子不問他还不来呢這里又放月錢了又散菓子了你該跪在頭里了你往前些我不是老虎吃了你墜兒只得前凑晴雯便欠身一把将他抓住向枕边取了一丈青向他手上乱戳口内罵道要這蹄子作什庅拈不得針拿不得線

只會偷嘴吃又眼皮子淺打嘴現世的不
如戳爛了墜兒疼的乱哭乱喊麝月忙拉
開墜兒按晴雯睡下笑道你才出了汗又
作死等你好了要打多少打不得這會鬧
什庅晴雯便命人叫宋嬷〻進來說道宝二
爺才告訴了我〻〻告訴你們墜兒狠懶宝
二爺當面使他撥嘴兒不動連襲人使他
〻背後罵他今兒務必打發他出去明兒

宝二爺親自回太〻就是了宋嫂〻听了

了便知鐲子的事發因笑道雖如此說也

等花姑娘回来知道了再打發他晴雯道

宝二爺今日千叮嚀萬囑咐的什庅花姑

娘艸姑娘我們自然有道理你只依我的

話快叫他家的人來領了出去麝月道這

也罷了早也去晚也去帶了去早清淨一

日宋嫂〻听只得出去喚了他母親來打

点了他的東西又来見晴雯等説道姑娘
們怎庅了你姪女不好你們教導他怎庅
攆出去也到底給我們留个的臉兒晴雯
道你這話只等宝玉来問他與我們無干
那媳婦冷笑道我有胆子問他與去他一那件
事不是听姑娘們的調停他總依了姑娘
們不依也不中用比如方才説雖是背地
里姑娘就叫他名字在姑娘們就使得在

我們就是野人了睛雯听說亦發急紅了臉說道我叫了他名字了你在老太〻跟前告我去說我撒野也攆出我去麝月忙道嫂子你只管帶了人出去有話再說這个何妨豈有叫喊講礼的別說嫂子你就是賴大奶〻林大奶〻也得担待我們三分便是叫名字從小直到如今都是老太〻吩咐过的你們也知道恐怕難養活寫的

小名兒各處貼着吽萬人吽去為的是好養活連挑水挑糞溺子都吽的我們連非兒林大娘吽了一聲老太〻還説的不是此是一件二則我們這些〻人常囬老太〻的話去可不吽着名字囬話难道也称他爺那一日不把宝玉两字念九百遍偏嫂子又来挑這个来過一日嫂子閒了在老太〻跟前听〻我們當着面兒吽他就知

説得痛快

今將你亦攆也

道了嫂子原也不淂在老太〻跟前當這体統差使成年家只在三門外頭混怪不得不知我們規矩這里不是嫂子久站的再一回不用我們說話就有人來問你了有什庅話且帶了他去你回了林大娘叫他說宝二爺說了家里上千的人他也跑来我也跑來我們認人問姓还認不清呢說着便叫小了頭子拿了擦地布来擦地

那媳婦听了無言可對亦不敢久立睹氣帶了墜兒就走宋嬤〻忙道你這會子不規矩你女兒在這屋里一塲臨去時也給姑娘們磕个頭沒有別的謝礼他們也不希罕不過磕个頭盡了心怎庅說走就走墜兒听了只得翻身進來給他兩个磕了頭又找秋紋等他們也不睬他那媳婦嗐聲嘆氣不敢言語抱恨而去晴雯方才又閃

了風着了氣反覺更不好了翻騰至掌灯
剛安靜了些〻只見宝玉進門就嗐聲跺脚
麝月忙問原故宝玉道今兒老太〻喜〻
歡〻的給了這个掛子誰知不防後襟子
上燒了一塊幸而天晚了老太〻太〻都
不理論一面說一面脫下麝月瞧時果然
指頭大的燒眼窟窿這必定是手炉里火迸上
了這不值什庅赶着叫人悄〻的拿出去

吽个能幹織補匠人織補上就是了說着就用包袱包了交與一个媽〻送出去說赶天亮就有緫好千萬别給老太〻太〻知道婆子去了半日仍舊拿回来了不但織補匠人能幹裁縫綉匠並作女工的問了都不認得這是什庅都不敢攬麝月道這怎庅樣呢明兒不穿也罷了宝玉道明兒是正日子老太〻太〻說了还吽穿這個

去呢偏頭一日就燒了豈不掃興晴雯听
了半日忍不住翻身說道拿来我瞧〻罷
沒那福氣穿就罷了這會子又着急宝玉
笑道這話到說的是說着便與晴雯又移
灯来細瞧了一回晴雯道這是孔雀金線
織的咱們如今也拿孔雀金線就像界線
似的界密了还可混得過去麝月笑道孔
雀線現成的但這里除了你还有誰會界

線晴雯道說不得我掙命罷了宝玉忙道這如何使得才好了些如何做的活晴雯道不用你蝎々螫々的我自知道一面說一面坐起来挽了一挽頭髮披了衣裳只覺頭重身輕滿眼金星乱迸寔々撐不住待不作又怕宝玉着急少不得恨命咬牙捱着便命麝月只幫着拉線晴雯先拿了一根比一比笑道這雖不狠像若補上也不

狠頭宝玉道只（這）就狠好那里又找哦囉斯
國裁縫去睛雯先將裡子拆開用茶杯口
大的一个竹弓釘牢在背面再將四边用
金刀刮的散鬆的然後後用紉了兩條分
出經緯亦如界線之法先界出地子後界
出依本身之紋来回織補兩針又看〻織
補二針又端祥（詳）端無（詳）奈頭暈眼黑氣喘神
虛補不上三五針便伏在枕上歇一回宝

玉在旁一時又問吃些滚水不吃一時又
命歇〻一時又拿一件灰鼠斗篷替他披
在身上一時又命拿个拐枕叫他靠着急
淂晴雯央道小祖宗你只管囉唆着熬夜
明兒把眼睛摳摟了怎庅處宝玉見他着
急只得胡乱睡下仍睡不着一時只听得
淂自鳴鍾已敲了四下剛〻補完又用小
牙刷慢〻的剔出絨毛来麝月道這就狠

好若不留心再看不出的宝玉忙要瞧〻笑說真〻一樣了睛雯已嗽了几陣好容易補完了說了一聲補雖補了到底不像我也再不能了噯喲一聲便身不由主倒下了要知端的在下回分解

石頭記第五十三回

寧國府除夕祭宗祀　榮國府元宵開夜宴

話說寶玉見晴雯將雀裘補完已使的力盡神危忙命小丫頭子來替他捶打了歇下沒一頓飯時天已亮了且不出門只叫傳大夫一時王太醫來了胗了脉疑惑說道昨日已好了些今日如何反虛浮微縮起來

敢是吃多了飲食不然就是勞了神思外
感別清（看）了這汗後失于調養非同小可一
面說一面開了藥方進來寶玉看時已將
疎散驅邪的藥減去（了）添了茯苓地黃當歸
等益神養血之劑寶玉一面命人快煎去
一面嘆說道這怎麼處倘有好歹都是我
的罪了晴雯睡在枕上道太爺你幹你的
去罷那里就有勞病了寶玉無奈只得去

了至下半天説身上不好就回來了晴雯此症雖重幸虧平素是個使力不使心的再者素習飲食清淡飢飽無傷這賈宅中的密法無論上下只畧有風寒咳嗽只以淨食為主次則服藥調養故于前日病時淨餓了兩三天又謹慎服藥調養如今勞碌了些又加倍養了几日便漸漸的就好了近來園中姊妹各在房中吃飯炊

爨飯食未便寶玉自能变法要湯要羹調
停不必細説襲人送母殯後業已回來觸
月便將平兒所説宋媽墜兒一事並晴雯
攆出去等語一一也曾回過寶玉襲人也
没別説只説太性急了些只因李紈亦因
時氣感冒邢夫人又害火眼迎春岫烟皆
過去朝夕侍藥李嬸〻兄弟又接了李嬸
和李紋李綺家去住了幾月寶玉又見襲人

常〻思母含悲切晴雯猶未大愈因此詩社之日皆未有人高興便空了幾社當下已是臘月離年日近王夫人與鳳姐兒治辦年事王子騰陞了九省都檢點賈雨村補授了大司馬協理軍機參贊朝政不題且說賈珍那邊開了宗祠着人打掃收拾供器請神主又打掃上房以備懸供遺真影像此時榮寧二府內外上下皆是忙〻碌

碌這日寧國府中尤氏正起來同賈蓉之妻打點送賈母這邊針線礼物正值了頭捧着一茶盤押歲錁子進來回說興兒回奶〻前兒那一包碎金子共是一百五十三兩六錢七分裡頭成色不等共總傾了二百二十個錁子遞上去尤氏看了一看只見也有梅花也有海棠式的也有筆定如意的也有八寶聯春的尤氏收起這個

來吽他銀錁子快〻交了進來了珍答應去了一時賈珍進來吃飯賈蓉之妻迴避了賈珍問尤氏咱們春季的恩賞可領了不曾尤氏道今兒我打發蓉兒關去了賈珍道咱們家雖不等這几兩銀子多少是皇上天恩早關了來給那邊老太〻見過了値了祖宗的供上領皇上恩下則是托祖宗福咱們那怕用一萬兩銀子供祖宗

到底不如這個又體面又是沾恩錫福的
除了咱們一二家之外那些世襲窮官兒
家若不仗着這銀子拿什庅上供過年真
真皇恩浩大想的週到尤氏道正是說着
只見人回哥兒來了賈珍便命叫他進來
只見賈蓉捧了一個小黃布口袋進來賈
珍道怎庅去了這一日賈蓉陪笑道回說
今日不在禮部關領了又分在光祿寺庫

上因又到了光禄寺才領了下來光禄寺
官兒們都説問父親好多日不見着寔想
念賈珍笑道他們那里是想我的這又到
年下來不是想我的東西就是想我的戲
酒了一面説一面瞧那黄布口袋上有印
就是皇恩永錫四個字那一邊又有礼部
祠祭司的印記又寫着一行小字道寧國
府賈法恩賞永遠春祭共二分净折銀若

千兩某年月日龍禁尉候補侍衛賈蓉當堂領訖值年寺某人下面一個硃筆花押賈珍吃過飯換了靴帽命賈蓉捧着銀子跟了來回過賈母王夫人又至這邊回過賈赦邢夫人方回家去取出銀子將布口袋向宗祠大爐內焚了又命賈蓉道你順便去問你璉二嬸〻正月裡請吃年酒的日子擬了沒有若擬定了叫書房里明白開

了单子來咱們再定就不定重了舊年不留神重了几家人家不說咱們不留心倒像兩宅商議定了送虛情怕費事的一樣賈蓉忙答應了過去賈蓉一時拿了請年酒的日期单子來了賈珍看了命交與賴昇去看了請人別重這上頭日子因在廳上看着小厮們摚圍屏擦抹几案金銀供器只見小厮手裡拿着個禀帖並一篇賬

目因説黑山村的烏庄頭來了叩請爺奶奶萬福金安併公子小姐金安新春大吉大福榮貴平安加官進禄萬事如意賈珍笑道庄家人有些意思賈蓉也忙笑道别看文法只看個吉利罷一面忙展開单子看時只見上面寫着大鹿二十隻獐子五十隻麅子五十隻暹猪二十個湯羊二十個龍猪二十個野猪二十個家臘猪二十

個鱘鰉魚二個各色雜魚二百斤活鷄鴨鵞各三百隻風雞鴨鵞二百隻野雞兔子各二百對熊掌二十對鹿筋二十斤海參五十斤鹿舌五十條牛舌五十條蟶乾二十斤榛松桃杏穰各二口袋大對蝦五十對乾蝦二百斤銀霜炭上等選用一千斤中等二千斤柴炭二萬斤御用胭脂米二石碧糯五十斛白糯五十斛粉秔五十斛

雜色粱穀各五十斛下用常米一千石各
色乾菜一車外賣粱穀牲口各項之銀共
折銀二千五百兩外門下孝敬哥兒姐兒
頑意活麝兩對活白兔兒四對活錦雞兩
對西洋鴨兩對賈珍便命帶他進來一時
只見烏進孝進來只在院內磕頭請安賈
珍命人帶他起來笑說你還硬朗烏進孝
笑回托老爺的福還走的動賈珍道你兒

子也大了該叫他走〻也罷了烏進孝笑道不瞞爺說小的們走慣了不來也悶的慌他們可不是都愿意来見〻天子脚下世面他們到底小年輕怕路上有閃失再過几年就可放心了賈珍道你走了几日烏進孝道回爺的話今年雪大外頭都是四五尺深的雪前日忽然一暖一化路上竟難走躭擱了几天雖走了一個月零几

日因日子有限了怕爺心焦可不赶着來了賈珍道我說呢今免來絶我才看那单子上年年老貨今年又打擂台了烏進孝忙前進了兩步回道回爺說今年〻成寔在不好從三月下雨起接連直到八月竟没有晴過五日九月里一場碗大的雹子方近一千三百里地連人帶房並牲口粮食打傷了上千上萬的所以年成絶這樣的小的

並不敢説謊賈珍皺着眉道我算定了你
至今也有五千兩銀子來這彀做什麼的
如今只剩了八九個庄子今有兩處報了
早潦你們又打擂台真々是教我別過年了
烏進孝道爺的地方還算好呢我兄弟離
我那里只八百多地誰知竟又大差了他
現管着那府里八處地比爺這邊多着几
倍今年也只這些々東西不過多二三千銀

子也是有飢荒打呢賈珍道正是呢我這邊都可以沒有什庅外項大事不過是一年費用費些〻我就受用些〻我受些〻曲就省些〻再者年例送人請人我把臉皮厚些〻可省些〻也就完了比不得那府里這几年添了許多花錢的事一定不免是要花的却又不添些〻銀子産業這一一到倍了許多不知你們要找誰去烏進孝笑道那府里

如今雖添了事有去有來娘〻和萬歲爺
豈不賞的賈珍聽了笑向賈蓉等道你們
聽〻他這話可笑賈蓉等忙笑道你山坳
海沿子上的人那里知道這里道理按時
到節不過是些彩緞古董頑意的東西總
賞銀子不過一百兩勾一年的什庅這二
年那一年不多倍出几千銀子來頭一年
省親連蓋花園子你算〻那一注共花了

多少就知道了再兩年再有會親友只怕就淨窮了賈珍笑道所以他們庄家人老寔外明不知里暗的事黃栢木作磬槌子外頭體面裡頭苦呢又賈蓉向賈珍道果真那府窮了前兒聽見鳳姑娘和鴛鴦悄悄的商議要偷老太太的東西要當銀子呢賈珍道那又是你鳳姑娘的鬼那里窮的到如此必定見去路太多了寔在賠的很

了不知又要省那一項的錢先出這法子來使人知道窮到如此了我心里却有一個筭盤却不至如此田地說着便命人帶烏進孝出去好生代他不在話下這里賈珍吩咐方才各物留下供祖宗的來將各樣取了些命賈蓉送過榮府里然後自已留下家中所用的餘者派出等例來一分一分堆在月臺底下命人將族中的子姪喚

來與他們東西又接着榮國府也送了許多供祖宗之物及與賈珍之物賈珍看着收拾完備供器靸着鞋披着猞猁猻的大裘命人在廳柱下石矶上太陽中鋪了一個大狼皮褥子負暄閑看各子弟們來領取年物因見賈芹亦來領物賈珍叫他過来説道你有何事也作什庅來了誰叫你來的賈芹垂手回説道聽見大爺這里叫我

領東西我沒等人去就來了賈珍道我這東西是給那些閑着無事的無進益的小叔〻兄弟們那二年你閑着我也給過你的如今你在那府里管事家廟里管和尚道士們每月又有你的個分例這些和尚的分例銀子都從你手里出你還取這個來太也貧了你自己瞧〻你穿的可像手里沒錢辦事的先前你說沒進益如今又

怎庅了比先不像了賈芹道我家里人口多費用大賈珍道你還支吾我你在家廟里幹的事打諒我不知道呢你到了那里自然是爺了没有敢違拗你〻手里又有錢雖着我們又遠你就為王稱霸起來夜〻招聚匪類賭錢養老婆小子這會子花的這個形像你還敢來領東西領不成東西領一頓馱水棍子去才罷等過了年我必你

和你璉。二叔說換回你來罷賈芹紅了臉不敢答言人來回北府水王爺送了字聯荷包來了賈珍聽說忙命賈蓉出去款待只說我不在家賈蓉去了這里賈珍看着領完東西回房與尤氏吃了晚飯一宿無話至次日比往日更忙都不必說已到臘月二十九日了各色齊備兩府中換了門神對聯掛牌新油了桃符煥然一新寧

國府從大門儀門大廳暖閣內有內三門
內儀門并內塞門直到正堂一路正門大
門兩邊堦下一色硃紅大高照點的兩條
金龍一般次日由賈母有封誥者皆按品
級着朝服先坐八人大橋〔轎〕帶領着眾人進
宮朝賀得〔行〕禮領晏畢回來便到寧國府煖
閣下轎諸子弟有未隨入朝者皆在寧府
門前排班伺候然後列入宗祠且說寶琴

是初次一面細〻留神打諒〔聽〕這宗祠原來
寧府西邊另有一個院子黑油柵欄內五
間大門上面掛一匾是賈氏宗祠四個字
旁書衍聖公孔繼宗書兩傍有副長聯寫
道是

肝腦塗地兆姓賴保育之恩
功名〔德〕貫天百代仰蒸嘗之盛

亦衍聖公所書

進入院中自石甬路兩邊皆蒼松翠栢月臺上設有青綠古銅鼎彝等器抱厦前面一九龍邊匾寫道是

星輝輔弼

乃先皇御筆兩邊一副對聯寫道是

勳業有光昭日月

功名無間及兒孫

亦是御筆五間正殿前懸一鬧龍填青

匾寫道是
慎終追遠
傍邊一付對聯寫道是
已後兒孫承福德
至今黎庶念榮寧
俱是御筆
裡邊香燭輝煌錦帳綉幙雖列着些神主
却看真不切只見賈府人分昭穆排班立

定賈敬主酒賈赦陪祭賈珍獻爵賈璉賈
璉賈琮獻帛寶玉捧香賈菖賈菱展開拜
毯守焚池青衣樂奏三獻爵興拜畢焚帛
奠酒禮畢樂止退出衆人圍隨着賈母至
正堂上影前錦幔高掛彩屏張護香燭輝
煌上面正房中懸着寧榮二祖遺像皆是
披蟒腰玉兩邊還有几軸列祖遺影賈荇
賈芷等從內儀門挨次列着直到正堂廊

下檻外方是賈敬賈赦檻內是各女眷衆家人小廝皆在儀門之外每一道菜至傳至儀門賈荇賈芷等接了按次傳至階上賈敬手中賈蓉係長房長孫獨他隨女眷在檻外每賈敬捧菜至傳與賈蓉賈蓉傳與他妻子他妻子又傳鳳姐尤氏諸人直至供桌前方傳與王夫人王夫人傳與賈母賈母捧放在桌上邢夫人在供桌之西向

東立同賈母供放直至將菜飯湯點酒茶傳完賈蓉方退出下堦歸入賈芹堦列之首當時凡從文傍之名者賈敬為首下則從玉者賈珍為首在下從草頭者賈蓉為首左昭右穆男東女西俟賈母拈香下拜衆人方一齊跪下將五間大廳三間抱廈内外廊簷堦上堦下兩丹墀內花團錦簇塞的無隙空 鴉雀無聞只聽鏗鏘叮噹

金鈴玉佩微拽之聲並起跪靴履之響一
時禮畢賈敬賈赦等便忙退出至榮府耑
候文與賈母行禮尤氏上房早已襲地鋪
滿紅毡當地放着象鼻三足鰍沿流金琺
瑯大火盆正面坑上鋪新猩〻毡設着大
紅彩繡雲龍捧壽的靠背引枕外另有黑
狐皮的袱子搭在上面大白狐皮坐褥請
賈母上去坐了兩邉又鋪皮褥讓邢夫人

等坐了兩面相對十二張椅子都是一色
灰鼠衣搭小褥每一張椅下一個大銅腳
爐讓寶琴等姊妹坐了尤氏用茶盤親捧
茶與賈母蓉妻捧與衆祖母然後尤氏又
捧與邢夫人等蓉妻又捧與衆姊妹鳳姐
李紈等只在地下伺候等茶畢邢夫人等
便先起身侍賈母吃茶與老妯娌閑話了
一回便命看轎鳳姐兒忙上去攙起來尤

自此至七行皆不寫

氏笑回説已經預備下了老太〻的晚飯
每年都不肯賞些〻体面用過晚飯過去鳳
姐李紈等只在地下伺候等茶畢邢夫人
等便先起身侍賈母吃茶與老妯娌閑話
了一回便命看轎鳳姐兒忙上去攙起來
尤氏笑回説已經預備下了老太〻的晚
飯每年都不肯賞些体面用過晚飯過去
鳳姐兒攙着賈母笑道老祖宗快去咱們

家去吃别理他賈母笑道你這里供祖宗
快忙的什庅似的那里擱得住我鬧况且我
們每年不吃你們也要送去不如還送了
去我吃不了留着明兒再吃豈不多吃些
説的衆人都笑了又吩咐好生派妥當人
夜里看香火不是大意的尤氏答應了一
面走出了至煖閣前上了轎尤氏等閃過
屏風後小廝們纔領轎夫請抬了轎出大門

尤氏亦隨邢王夫人等回至榮府這里轎
出大門這一條街上東邊合面設列着寧
國府的儀仗執事樂罷西七邊合面設列着
榮國府的儀仗執事樂罷來往行人皆屏退
不從此過一時來至榮府也是大門正開
到底如今不在暖閣下下轎子了過了大
廳轉灣向西至賈母這邊正廳上下轎衆
人圍隨同至賈母正室之中亦是錦裀繡

屏煥然一新當地火盆内焚着松栢香栢
合草賈母歸了坐老嬷〻來回老太〻們
來行禮賈母忙又起身要迎只見二三個
妯娌已進來了大家挽手笑了一回讓了
一回吃茶去後賈母只送至内儀門便回
來歸坐賈敬賈赦等領諸弟子進來賈母
笑道難為你們不行禮罷一面說着一面
男一起女一起俱行過禮左右兩旁設下

交椅然後又按長幼挨次歸坐受禮左右
兩旁小厮了環亦按差使上中下行禮畢
散押歲錢荷包金銀錁〔錁〕擺上〔菓菜〕再上合欢晏
男東女西歸坐獻屠蘇酒合歡湯吉祥果
如意糕畢賈母起身進內閣更衣衆人方
各散去那晚各處佛堂灶王前焚香上供
大观園正門上也挑着大明角燭兩溜高
照各處皆有路灯上下人等皆打扮的花

圍錦簇一夜人聲嘈雜語笑喧闐爆竹起火絡繹不絕至次日五鼓又按品大粧擺全付執事進宮朝賀兼祝元春千秋領宴回來又至寧府祭過列祖方回來受禮畢便換衣歇息所有賀節來的親友一槩不會只和薛姨媽李嬸二人說話取便或者同寶玉寶琴寶釵等姊妹圍棋抹牌作戲王夫人與鳳姐天天忙着請人吃年茶酒

那邊廳上院内皆是戲酒親友絡繹不絕一連忙了七八日纔了早又元宵將近寧榮二府皆張燈結彩十一日是賈赦請賈母等次日賈珍又請賈母又去隨便領了半日王夫人和鳳姐連日被人請去吃年酒不能勝記至十五日之夕賈母便在大花廳上命擺几桌酒席定班小戲滿掛各色佳燈帶領榮寧二府各子姪孫男孫媳

等家晏賈敬素不茹酒也不去請他于十七日祖祀已完他便仍出城修養便這几日在家内亦是静室默處一槩無聞不在話下賈赦領了賈母之賜也便告辭而去賈母知他在此彼此不便也就隨他自而去賈赦自到家中與衆門客賞燈吃酒自然是笙歌聒耳錦繡盈眸其取便快樂與這邊不同的這邊賈母花廳之上共擺了十

來席每席設爐瓶焚着御賜百合宮香人有八寸來長四五寸寬二三寸高的點着山石佈滿青苔小盆景俱是新鮮花卉又有小洋漆茶盤放着舊窑茶盃並十錦小茶盃里面泡着上等茗茶一包边皆是紫檀透雕嵌着大紅紗透繡花卉並草字詩詞的纓絡原來繡這纓絡的也是姑蘇女子名喚慧娘因他亦是書香宦門之家他原

精于書畫不過偶一兩針〻線作要並非
市賣之物几這屏上所繡之花卉皆彷的
是名家的折枝花卉故其格式配色皆從
推本來非一味濃艷匠工可比每一枝花
花側皆用古人題花之舊句或詩詞歌賦
不一皆用黑絨繡出草字來且字跡勾踢
轉折輕重連斷皆與筆草無異亦不比市
繡板腔可恨他不伏此技獲利所以天下

知得者甚少凡世宦富貴之家無此物者
甚多當今便稱為慧繡竟有世俗射利者
近日倣其針跡愚人獲利便這慧娘命夭
十八歲便死了如今竟不能再得一件的
了凡所有之家那一干翰林文魔生先們
因深惜慧繡之佳便說繡字不能盡其妙
這樣筆跡說一繡字反似乎唐突了便大
家商議將繡字便隱了去換了一個紋字

所以如今都稱慧紋若有一件真慧紋之
物價則無限賈府之榮也只有兩三件上
年將兩件已經進了上目下只剩下這一
件纓絡一共十六扇賈母愛如珍寶不入
在請客各色陳設之内只留在自己這邊
高興擺酒時賞玩又有舊窰瓶中都點綴
着歲寒三友玉堂富貴鮮花草上面兩席
是李嬸薛姨媽賈母東邊設一透雕夔龍

護屏矮足短榻靠背引枕皮褥俱全榻之上一頭又設一個極輕巧洋漆描金小几〻上放着茶吊茶碗漱盂洋巾之類又有一個眼鏡匣子賈母歪在榻上與衆人說笑一回又自取眼鏡向戲臺上照一回又向薛姨媽李嬸道恕我老了骨頭疼放肆容我歪着相陪罷又命琥珀坐在榻上拿着美人拳槌腿榻下並不擺席面只有一張

高几却設着纓絡花瓶爐香等物外另設
一精緻小高桌設着酒盃箸將自己這一
席設放在榻傍命寶琴湘雲黛玉寶玉四
人坐着每一饌一菓來先捧與賈母看了
喜則留在小桌上嚐一嚐仍撤去放在他
四人席上只算四人是跟隨賈母坐的下
面方是邢夫人王夫人之位再便是尤氏
李紈鳳姐賈蓉之妻西邊一路便是李紋

李綺寶釵岫烟迎春姊妹等兩邊大樑上
掛着一對聯三聚五玻璃芙蓉彩穗燈每
一席前竪一柄漆幹倒垂荷葉葉上有燭信
揷着彩燭這荷葉那是鏨琺瑯的活信可
以扭轉如今皆將荷葉扭轉向外將燈影逼
住全向外照着看戲分外真切窗（窓）槅門下一
齊摘下全掛彩穗各種宮燈廊簷內外及
兩邊油廊罩棚將各色羊角玻璃戳紗料

絲或綉或畫或堆或摳或絹或紙諸燈掛滿廊上几席便是賈珍賈璉賈環賈琮賈蓉賈芹賈菱賈菖等賈母也差人去請衆族人男女奈他們或有年邁懶于熱鬧的或有家內無有人不便來或有病淹纏欲來有不能來的或有一等妬富愧貧不來的甚有一等憎畏〔惡〕鳳姐之為人而賭氣不來的或有羞口羞脚不慣見人不敢來的

因此族中雖多女客來者只不過賈菌之
母婁氏帶了賈菌來了男子只有賈芹賈
蕓賈菖賈菱四個現是在鳳姐麾下辦事
的來了當下人雖不全在家庭間小宴中
數來也筭是熱鬧的了當下又有林之孝
妻帶了六個媳婦抬了三張坑桌每一張
上搭着一條紅毡〻上放着選淨一般大
新出局的銅錢用大紅彩繩穿着每二人

搭一張共三張林之孝的指示將那兩張
擺在薛姨媽李嬸的席下將一張送至賈
母榻下來賈母便說在當地擺這媳婦們
都素知規矩的放下桌子一併將錢都打
開將彩繩抽去散堆在桌上正唱西樓記
會這齣將終于叔夜因賭氣去了那文豹
便發科說道你賭氣去了恰好今日正月
十五榮國府中老祖宗賞燈呢我騎了這

馬趕進去討些菓子吃(也)是(好)要緊的說畢引的賈母都咲了薛姨媽等都說好個鬼頭孩子可怜見的鳳姐兒便說(道)這孩子總九歲了賈母咲說(道)难為他說的巧便說了一個賞字早有三個媳婦已經手下預備下小簸籮(羅)聽見賞字走上去向桌上散錢堆内每人各撮了一簸羅走出來向戲臺上說老祖宗姨太〻親家太〻賞文豹買菓

子吃的說着便向臺上撒只聽豁啷啷一下聲响欲知在[端的]下回分解

石頭記卷五十四回

史太君破陳腐舊套
王熙鳳效戲彩斑衣

却說那賈珍賈璉暗〻預備下大簸籮的錢聽見賈母說賞他也忙命小厮們快撒錢只聽滿臺錢响賈母大悅二人隨起身小厮忙將一把新煖銀壺捧在賈璉手内隨了賈珍趨至裡面先至李嬸席上躬身

取下杯來回身賈璉忙斟了一盞然後便至薛姨媽席上也斟了二人忙起身笑說二位爺請坐着罷了何必多禮于是除邢王二位夫人滿席都離了席俱垂手旁侍賈珍等至賈母榻前因榻矮二人便屈膝跪下賈珍在先捧杯賈璉在後捧壺雖止二人奉酒那賈環弟兄等也是隨班按序一溜隨着他二人進來見他二人跪下也

都一溜跪下寶玉也忙跪下了史湘雲悄推他笑道你這會子又帮跪下作什庅有這樣你也斟一巡酒豈不好寶玉悄笑道道再等一會再斟去說着等他二人斟完方起來又與邢王二位夫人斟過了賈珍笑道妹妹們怎庅樣呢賈母等都說你們去罷他們到便意些說了賈珍等方退出來當下天未二鼓戲演的是八義中觀燈八

齣正在熱鬧之際寶玉因下席往外走賈母因說你往那里去外頭爆竹利害仔細天上吊下火紙來燒了寶玉回說不往遠去出去就來賈母命婆子們好生跟着于是寶玉出來只有麝月秋紋並幾個小丫頭隨着賈母曰說襲人怎麽不見他如今也有些拿大了单支使小女孩子出來王夫人忙起身笑道他媽前日沒了因為熱

孝不便上前來賈母聽了點〻頭又笑道跟主子却講不起這孝與不孝若是他還跟我難道這會子也不該在這里皆因我們太寬了有人使不查他們竟成了例了鳳姐兒忙過來笑回道今兒晚上也便沒孝那園子里也須得他看着燈燭花炮是耽險的這里一唱戲園子里人誰不偷來瞧〻他還細心各處照看照看況且這散後寶

兄弟回去睡覺各色都是齊全的若他再
來了衆人又不經心散了回去鋪蓋也是
冷的茶水也不齊備各色都不便宜所以
我吽他不用來老祖宗要吽他我吽他來就是
了賈母聽了這話忙忙說你這話狠是比
我想的周到快別吽他了他媽几時沒的
我怎庅不知道鳳姐兒笑道前兒襲人去
親自回老太太的怎庅到忘了賈母想了

一想笑說想起來了我的記性竟平常了
衆人都說老太〻那里記得這些事賈母
因歎道我想着他從小兒伏侍了我一場
又伏侍了雲兒一場末後給了一個魔王
寶玉虧他魔了這几年他又不是咱們家
根生土長的奴才沒受過什麽大恩典他
媽沒了我想着要給他几兩銀子發送他
也就忘了鳳姐兒道前兒賞給他四十兩

銀子也就是了賈母聽說點頭這也罷了鴛鴦的娘前兒沒了我想他老子娘都在南邊我也沒叫他去守孝如今叫他兩個一處作伴兒去又命婆子將些菓子菜饌點心之類與他兩個吃去琥珀笑說還等這會子呢他早就去了說着大家又吃酒看戲且說寶玉一逕來至園中衆婆子只坐在園門茶房里烤火和管、茶的女人偷空飲酒鬪牌寶玉看園中雖是燈光燦爛却没人聲麝月道他們都睡了不成咱們悄々的進去唬他們一跳于是躡足潜蹤的進了鏡壁一看只見襲人和人對面都歪在地炕上那一頭有兩三個老媽打盹寶玉只當他二人睡着了才要進去忽聽鴛鴦嘆了一聲說道天下事難定論你单身在這里父母在外頭每年他們東去西來

没個定準想來你是在不能送終的了偏今年就死在這里你到出去送了終襲人道正是我也想不到能看父母回首太〻又賞了四十兩銀子這到也算養我一場我也不敢妄想了寶玉聽了忙轉身悄向麝月等道誰知他也來了我這一進去他又賭氣走了不如咱們回去罷讓他個、兩清〻淨〻的說一回襲人正悶幸而他來

于是寶玉便走過山石之後去站着撩衣麝月秋紋皆站住背過臉去口内笑説蹲下再觧小衣仔細風吹了肚子後面兩個小丫頭知是小觧忙先去出茶房預備去了這里寶玉剛轉過來只見兩個媳婦迎面來了問是誰秋紋道寶玉在這里你大呼小叫不要吓着他那媳婦們忙笑道我們不知道姑娘可連日辛苦了麝月問手

里拿的是什庅媳婦們道老太〻賞金花二位姑娘吃的秋紋笑道外頭唱的八義沒唱混元盒那里又跑出金花娘〻來了寶玉笑命揭起來我瞧〻秋紋麝月忙上去将兩個盒子揭開兩個媳婦忙蹲下身子寶玉看了兩盒内都是席上所有的上等菓品菜點(饌)了一點頭還步就走麝月二人忙胡亂擲了盒蓋跟上來寶玉笑道這

兩個女人到和氣他到天〻乏了到說你們連日辛苦到不是那矜功自伐的麝月道這好的也很好那不知理的也太不知理寶玉笑道你們明白人躭[耽]待他們是笨人就完了一面說一面來至園門那几個個婆子雖吃酒鬬牌却不住出來打見[探]寶玉來了也都跟上花廳後廊上只見兩個小丫頭一個捧着小浴盆一個搭着手巾

又拿着漚子小壺在那里久等秋紋先忙伸手向盆内試一試說道你越大越粗心了那里弄得這冷水小丫頭笑道姑娘瞧〻這個天我怕水冷倒的還是滾水如今冷了正說着只見一個老婆子提壺滾水來小丫頭便說道好奶〻過來給我倒上些那婆子道這是太〻泡茶的秋紋道憑你是誰那婆子回頭見是秋紋提起壺來

就倒秋紋道勾了你這庅大年紀也没個
見識誰不知是老太〻的水要不着的人
誰敢要婆子笑道我眼花了没認出是姑
娘來寶玉洗了手秋紋麝月也趣熱水洗
了手跟進寶玉要了一壺熱酒也從李嬤
斟起二人也笑讓坐賈母說他小讓他斟
去大家到要干的說着自已干了邢王二
夫人也忙干了讓薛李二人也只得干了

賈母又命寶玉道連你姐〻妹〻一齊斟
上不許亂斟都要吽他干了寶玉答應着
接次斟了至黛玉前偏他不飲拿起杯來
放在寶玉唇邊寶玉一氣飲干黛玉笑說道
多謝寶玉替他斟上一盃鳳姐兒便笑道
寶玉別喝冷酒仔細手顫明兒寫不得字
拉不得弓寶玉忙道沒有吃冷酒鳳姐笑
道我知道沒有不過白囑咐你寶玉將裡

面斟完只除賈蓉之妻是了頭們斟的復出至廊上又與賈珍等斟了坐了一回方進來仍歸舊坐一時上湯又接獻元宵賈母便命將戲暫歇小孩子們可憐見的也給他們些滚湯滚菜〔水〕吃了再唱又命將各菓子拿些與他們吃去一時歇了戲便有婆子帶了兩個門下常走的女先兒進來搬兩張杌子在那一邊命他坐了將絃子

琵琶遞過去賈母問李薛聽何書他二人都回不拘什么都好賈母便問近來可有添些什么新書那兩個女先兒回說到有一段新書是殘唐五代的故事賈母問是何名女兒道叫作鳳求鸞賈母道這一個名字不知因什么起的先大概說說原故若好再說女兒道這書上乃是說殘唐之時有位鄉紳本是金陵人氏名喚王忠曾作

過兩朝宰輔如今告老還家膝下只有一位公子名喚王熙鳳眾人聽了笑將起來賈母笑道這不重了我們鳳丫頭了媳婦忙上來悄悄的推他這是二奶奶的名字少混說賈母笑道你說你說女先兒忙笑道我們該死了不知是奶奶名字鳳姐笑道怕什麽你只管說罷重名重姓的多呢女先兒又說道這年王老爺又打發了王公

子上京趕考那日遇見了大雨進到了一個庄上避雨誰知這庄上也有個鄉紳姓李與王老爺是世交便留下這公子住在書房里這老爺膝下無兒只有一女芳名叫作雛鸞琴棋書西無所不通賈母忙道怪道叫作鳳求鸞不用說我已猜着了自然是這熈、王鳳要求雛鸞小姐為妻女先兒笑道老祖宗原聽、聽過的衆人都道老

太〻什庅書没聽見過賈母笑道這些〻書
都是一個套子不過是些佳人才子最没
趣兒把人家女兒説的那樣壞還説是佳
人編的連影兒也没有了開口都是書香
門第父親不是尚書就是宰相生一個小
姐必是愛如珍寶這小姐必是通文知禮
無所不曉竟是個絕代的佳人見了一個
清俊男人不管是親是友便想起終身大

事父母也忘了詩禮也忘了鬼不成鬼賊不成賊那一點是佳人便是滿腹文章作出這些事來也算不得是佳人的了比如男人滿腹文章去作犯法的事就看是才子不入賊情一案了不成可知那編出的是自已塞了自已嘴再者既説是書香人家小姐都知禮讀書連夫人都知書識禮便是告老還家自然這樣人口不少奶母

了環服侍小姐的人也不少怎麽這些書
上凡有的事就只小姐合一個緊跟的丫
環你們白想〻那些人都是作什麽的可
是前言不荅後語衆人聽了都笑說老太
〻這一說是謊都批出來了賈母笑道這
有個原故編這樣書的有一等人妒人家
富貴或有求不遂心所以編出來污穢人
家再一等他自己看了這些書看魔了他

想一佳人所以編了出來取樂何嘗知道那世宦讀書家的道理別說書中那些仕宦書禮大家如今眼下真的拿我們這中等人家說起也沒有那樣的事別說是那些大家所以我們從不說那些書連丫頭們也不懂那些話這几年我老了他們姐妹們住的遠我偶然悶了說几句聽〻他們一來就忙歇了李薛二人都笑說道這

正是大人家的規矩連我們家也沒這雜
話給孩子們聽見鳳姐兒走上來斟酒笑
道罷〻酒冷了老祖宗喝一口潤〻嗓子
且讓二位親戚吃盃酒看兩齣戲之後再
說如何一面斟酒薛姨媽笑道你少興頭
些〻外頭有人比不得往常鳳姐兒笑道外
頭的一位珍大爺我們還是哥〻妹〻從小
兒一處淘了這広大這几年因作了親我

如今立了多少的規矩了便不是從小兒妹便以叔伯論那二十四孝上班衣戲彩他們不能戲彩引老祖宗笑一笑我這里好容易引的笑了一笑多吃了一點東西大家喜歡都該謝我才是難道反笑話我不成賈母笑道可是這兩日我竟沒有大大的笑一場到是虧他才一路笑道我這心里通快了些些再吃鍾又命寶玉也叫你

姐〻吃一鍾鳳姐兒笑道不用他敬我討
老祖宗的壽罷說着便将賈母的半杯剩
酒吃了将杯遞與了環将温水浸的杯換
了一個上來于是各席上的杯都徹去另
将温水浸着的杯斟了新酒上來然後歸
坐女先兒回說老祖宗不聽這書或者彈
一套曲子聽〻罷賈母說道是你們兩個
對一套将軍令罷二人聽說忙合弦按調

攛弄起來賈母因問天有几更了衆婆子
忙回三更了賈母道怪道寒浸〻的上來
早有衆丫頭拿了添換衣服送來王夫人
起身陪笑說道老太〻不如挪進暖閣炕
上到也罷了這二位親戚也不是外人我
們陪着就是了賈母聽說笑道既這樣說
不如大家都挪進去豈不煖和王夫人道
恐里間坐不下賈母笑道我有道理如今

也不用這些桌子只用兩三張併其來大家坐在一處又親又煖衆人都道這才有趣說着便起了席衆媳婦忙撤去殘席里面直順炕併了三張另又添換了菜饌擺好賈母便說這都不要拘理只聽我分派你們就坐才好說着便讓薛李正面上坐自己向西面坐了叫寶琴黛玉湘雲三人皆緊依左右坐下向寶玉說道你挨着你

太〻于是邢夫人王夫人之中夾着寶玉
寶釵等女姐妹在西邊挨次下去便是婁
氏代着賈菌尤氏李紈夾着賈蘭下面橫
頭便是賈蓉之妻賈母便說珍哥兒帶着
你兄弟們去罷我也就睡了賈珍等忙答
應又都進來賈母道快去罷不用進來才
坐好了又都起來你快歇着明日還有大
事呢賈珍忙答應了又笑說留下蓉兒斟

酒才是賈母笑道正是忘了他賈珍答應了是便轉身帶領賈璉等出走二人自是歡喜便命人將賈琮各自送回家去便邀了賈璉去追歡買樂不在話下这里賈母笑道我正想着雖然這些取樂竟沒一對雙全的就忘了蓉兒這可全了蓉兒就合媳婦坐在一處到也團圓就有家人媳婦回說開戲賈母笑道我們娘兒們正說的

興頭又要吵起來況且那孩子們熬夜怪冷的也罷叫他們且歇歇把咱們的女孩子們叫了來就在這臺上唱兩齣給他們瞧瞧媳婦們聽了出來忙的一面着人往大觀園傳人一面二門口去傳小厮們伺候小厮們忙至戲房中將班中所有的大人一槩帶出只留下小孩們一時梨香院的教習帶了文官等十二個從遊廊角門

出來婆子們抱着几個軟包不及抬箱故料着賈母愛聽的是三五齣戲的彩衣包了來婆子帶了文官等進去見過就垂手站着賈母笑道大正月里你師傅也不放你們出來逛〻你們唱什庅才剛八齣八義鬧的我頭疼咱們清淡些好的瞧〻這薛姨太〻李親家太〻都是有戲的人家不知聽過多少好戲的這些姑娘都比咱

們家姑娘見過好戲聽過好曲子如今這小戲子又是那有名的頑戲家的班子雖是小孩們却比大班還强咱們好歹別落了褒貶少不得弄個新樣兒叫芳官唱一齣尋梦只須用簫合笙笛別的一槩不用文官笑道這也使的我們的戲自然是不能入姨太〻和親家太〻姑娘們的眼不過但聽我們小孩子一個發脫口齒再聽

一個喉嚨罷了賈母笑道正是這話李嬸薛姨媽喜的都笑道好個靈透孩子你也跟着老太〻打趣我們賈母笑道我們這原是隨便的頑意兒又不出去作買賣所以就不大合時說着葵官唱一齣惠明下書也不用抹臉只用這兩齣叫他們聽個踈兒罷了若省一點力我可不依教習同文官等聽了出來忙去扮演上台先是尋

梦次是下書衆人都鴉雀無聞薛姨媽因
笑道寔在戲也看過几百班總没有見過
簫管的賈母道也有只是像方才西楼楚
江情一支多有小生吹笙合的這大套寔
在少這也在主人講究不講究罷了這筭
什庅出奇指湘雲道我像他這庅大的時
節他爺〻有一班小戲偏有一個弾琴的
湊了來即如西廂記的弾琴玉簪記的琴

挑續瑟琶的胡笳十八拍竟成真的了比這如何衆人都道這更難得了賈母便命個媳婦來吩咐文官等叫他們吹彈一套燈月圓媳婦領命而去當下賈蓉夫婦二人捧酒一巡鳳姐兒因見十分高興便笑道趁着女先兒在這里不如叫他們擊鼓咱們傳接一個春喜上眉稍令如何賈母笑道這是好令正對時對景忙令人取了

一面黑漆銅燈花令鼓來與女先兒擊着
席上取了一枝紅梅賈母笑道若到誰那
里住了吃杯酒也要說個什麽才好鳳姐道
誰像老太〻肚里要什麽有什麽呢我們
這不會的豈不沒意思依我說也雅俗共
賞不如誰輸了誰說個笑話兒罷衆人都
說道他素日善說笑話最是他肚内有無
限的新鮮趣談今兒如此說不但在席的

衆人喜歡連地下服侍的老小無不喜歡
那小丫頭子們都忙出去找姐喚妹的告
訴他們快來聽二奶〻又說笑話兒了衆
丫環擠了一屋子于是戲完樂罷賈母命
取些湯點菓菜與文官等吃去又命响鼓那
女先兒都是慣的或緊或慢或如殘漏之滴
或如迸豆之疾或如驚馬之馳或如疾電
之光其鼓聲慢傳梅亦慢鼓聲疾傳梅亦

疾恰〻至賈母手中鼓聲忽住大家哈〻
一笑賈蓉忙上來斟了一杯衆人都笑道
自然老太〻先喜了我們才托些喜賈母
笑道這酒也罷了只是這笑話兒到有些
難說衆人都說老太〻比鳳姐兒還好還
多賞了一個我們也笑一笑賈母笑道並
没什庅新鮮發笑的少不得老臉皮厚的
說一個罷了因說道一家養了十個兒子娶

了十房媳婦惟有第十個媳婦聰明伶俐心巧嘴乖公婆最疼成日家說那九個不孝順這九個媳婦委曲商議說咱們九個心里孝順只是不像小蹄子嘴巧所以公婆只說他好這委曲向誰訴去大媳婦有主意咱們明兒到閻王廟去燒香合閻王爺說去問他一問叫我托生人為什庅单单給那小蹄子一張乖嘴我們都是笨的

衆人聽説都喜歡説這主意不錯第二日都到了閻王廟里來燒香九個人都在供桌底下睡着了九個鬼常等閻王駕到左等不來右等也不來正在着急只見孫行者駕着觔斗雲來了看見九個鬼便要拿金箍棒打唬的九個鬼忙跪下央求孫行者問原故九個人忙細〻的告訴了孫行者聽了把脚一跺嘆了一口氣道這原故

幸虧遇見我等着閻王爺來了他也不得知道的九個聽了就求大聖發個慈悲我們就好了孫行者笑道這却不難那日你們妯娌十個托生時可巧我到閻王那里去的因為撒了泡尿在地下你那個小嬸子便吃了你們如今要伶俐嘴乖有的是尿再撒泡你們吃了就是了說畢大家都笑起來鳳姐兒笑道好的幸而我們都笨

嘴夯腮的不然也就吃了猴兒尿了尤氏
婁氏都笑向李紈道咱們這里誰是吃過
猴兒尿的薛姨媽笑道笑話兒不在好歹
只要對景就發笑説着又擊起鼓來小了
頭只要聽鳳姐兒的笑話便悄悄和女先
兒説明以痰嗽為記須臾傳至兩遍剛到
鳳姐兒手里小丫頭故意咳嗽女先兒便
住了衆人齊笑道可拿住他了快吃了酒

說一個好的別太逗的人笑〻的腸子疼鳳姐兒想了一想笑道一家子也是過正月半合家賞燈吃酒真〻熱鬧非常祖婆〻大婆〻婆〻媳婦孫子媳婦重孫子媳婦親孫子侄孫子重孫子灰孫子滴〻搭〻的孫子孫女兒外孫女兒姨表孫女兒姑表孫女兒嗳喲〻真好熱鬧衆人聽了他說着已竟笑來都說聽數貧嘴又不知

編派那一個呢尤氏笑道你要掐我〻可撕你的嘴鳳姐兒起身拍手笑道人家費力說你們混我〻就不說了賈母笑道你說你說底下怎麼樣鳳姐兒想了一想笑道底下就團圓坐了一屋子吃了一夜酒就散了衆人見他正顏厲色的說了便再無別話都怔〻的還等往下說只覺冰冷無味湘雲看了他半日鳳姐兒笑道再說

一個過正月半几個人擡着個房子大的炮㸌往城外去放引了上萬的人跟着瞧去有一個性急的人等不得便偷着拿香點着了只聽噗哧一聲衆人都散了這擡炮㸌的怨賣炮㸌的桿的不結寔沒等放就散了湘雲道難道本人沒聽見响鳳姐兒笑道這本人原是個聾子衆人聽說一回想不覺一齊失聲大笑起來又想着先

前那一個沒有講完問他先那一個怎樣也該說完鳳姐兒將桌子一拍說道好囉嗦到了第二日是十六年已完了節也完了我看着人忙着收東西還鬧不清那里還知道底下的事了衆人聽說復又笑將起來鳳姐兒笑道外頭已經四更依我說老祖宗也乏了咱們也該聾子放炮仗了尤氏等用手帕子侮（握）着嘴笑的前仰後合

指他說道這個東西真會數貧嘴賈母笑
道真〻這鳳丫頭越發貧嘴了一面吩咐
道他題起放炮㷟來咱們也把烟火放了
觧了酒賈蓉聽了忙出去帶着小厮們就
在按下屏架將烟火脫（掛）吊齊備這烟火皆
皆係各處進貢之物雖不丑（甚）大却極精巧
各色故事俱全夾着各色花炮林黛玉氣
禀虛弱不禁礔礮之聲賈母便摟他在懷

中薛姨媽便摟着湘雲湘雲笑道我不怕
寶釵等笑道他專愛自己放大炮燎還怕
這個呢王夫人便將寶玉摟在懷裡鳳姐
兒道我們是沒人疼的了尤氏笑道有我
呢我摟着你又怕燥你這會子又撒嬌了
聽見放炮燎吃了密蜂屎的今兒又輕狂
起來鳳姐兒笑道等散了咱們園子里放
去我比小厮們放的還好呢說話之間外

面一色一色的放了又放又有許多滿天星九龍入雲平地一聲雷飛天十响之類零星小爆竹才罷然後又命小戲子打了一會蓮花落撒的滿臺的錢命那些孩子們滿台搶錢取樂又上湯時賈母說夜長覺得有些餓了鳳姐兒忙說有預備的鴨子肉粥賈母道我吃些清淡的罷鳳姐兒道也有棗兒熬的秔米粥預備的太〻們

吃齋的賈母道不是油膩的就是甜的鳳
姐兒道還有杏仁茶只怕也甜賈母道到
是這個還罷了說着又命人撤去殘席內
外另設着各種精緻小菜小菓大家隨便
吃了些用過影像方回來此日便是薛姨
媽請吃年酒十八日便是賴大家十九日
便是寧府賴昇家二十日便是林之孝家
二十一日便是羊大良家二十二日便是

吴新登家這几家賈母也有去的也有不
去的也有高興直待衆人散方回的也盡
興半日一時就來的几諸親友來請或來
赴席的賈母一概怕拘束不會自有邢王
二夫人鳳姐兒三人料理連寶玉除了王
子騰家去餘者亦皆不去只說賈母留下
解悶所以家下人家來請賈母可以自便
之處方高興徃ゝ閑言不題且說當下元

宵已過再看下回分解